無限のスキルゲッター
mugen no skill getter
∽毎月レアスキルと大量経験値を貰っている僕は、異次元の強さで無双する∽
maruzushi
まるずし
illustration
中西達哉

メジェール
伝説の称号『勇者』を持つ少女。ユーリにただならぬ力と運命を感じ、行動を共にする。
フィーリア
ユーリの住むエーアスト国の王女様。なぜかユーリを慕っている……病的なまでに。
リノ
ユーリの幼馴染み。妙に感覚が鋭いことを除けば、普通の心優しい少女。
ユーリ
神様の娘を救ったお礼に毎月倍々の経験値を貰えるようになった本作の主人公。無限の経験値とスキルでのんびり最強を目指す。

登場人物紹介
パルレ
ギルドの受付で働く
優しいお姉さん。
病気の父親がいる。
ゴーグ
『覇王闘者《はおうとうしゃ》』の称号を
持つ乱暴者。己の力を
誇示するために
暴力を振るう。
イザヤ
『剣聖』の称号を
持つ青年。
剣技において
彼の右に出る
者はいない。

第一章　選ばれし者たち

1．最悪のスキル

「ユーリ、忘れ物はない？　神父様の言うことを聞いて、ちゃんと行儀《ぎょうぎ》良くするのよ。神様に失礼がないようにね」

「分かってるって母さん！　それじゃ行ってくるよ」

僕、ユーリ・ヒロナダは両親譲りである焦《こ》げ茶色の髪を整えたあと、母さんに出掛けの挨拶《あいさつ》をして、本日の目的地――街の教会へと向かう。

今日は教会で『神授《しんじゅ》の儀』を行う日だ。この世界イストリアでは、十五歳になった者は通過儀礼としてこの儀式を受け、神様からの恩寵《おんちょう》を賜《たまわ》る。

まあ平たく言うと、神様の力の一部――いわゆるスキルを授かれるのだ。

もちろん僕の住む国エーアストでも、ほかの国と同様この儀式に参加する。

スキルには個人差があって、なんてことない通常《ノーマル》スキルを授かる人もいれば、非常に有用な特殊《ユニーク》スキルを授かる人もいる。

どのスキルを授かれるかについては、ほとんど運だ。いや、生まれついての才能が関係するのかな？

とにかく、誰もが優秀なスキルを授かることを祈ってこの儀式に臨《のぞ》んでいる。

母さんは今朝、腕によりをかけて朝食を作ってくれた。

父さんも母さんも授かったのは平凡なスキルだったから、息子である僕には優秀なスキルが発現してほしいと願っているんだろう。

その期待に応《こた》えてあげられればいいんだけどね。しかし、これぱっかりは僕の努力でどうにかできるものではないからなあ……

神様、どうかいいスキルをお願いします。

教会に着くと、すでにかなりの数の子供たちが集まっていた。

『神授の儀』には今年十五歳を迎えた子供たちがいっせいに参加する。当然、教会の中は見知った顔でいっぱいだ。

人生において一番重要とも言えるほどの儀式なのだが、みんな緊張感はなく、あちこちでたわいもない日常会話が交わされている。その賑《にぎ》やかさは、まるで学校生活の延長のようだ。

しかし、礼拝堂に神父様が現れ、開式の言葉が始まると、喧噪《けんそう》は収まり厳《おごそ》かな雰囲気へと変わった。

「それでは『神授の儀』を始めます。最初の信徒……ダドランは祭壇の前へ」

僕の家の近所に住んでいるダドランが呼ばれ、まず最初に儀式を受けることになった。

神父様に促《うなが》されてダドランが祭壇《さいだん》に上がると、天井から光が降りてきて、ダドランを包む。

「信徒ダドランに神の祝福を」

神父様がそう告げると、ダドランの身体が一瞬明るく光り、そのあと光の粒子《りゅうし》がパラパラと周りに散った。

これで儀式は終了。ダドランはもう何かしらのスキルを授かっているはず。

授かるスキルは多種多様だけど、基本的には、通常の訓練では習得困難なものであることが多い。

たとえば、『腕力』や『剣術』などのスキルは、日々の鍛錬によって自力で習得できるけど、『魔眼』や『未来予知』などは、そう簡単には覚えられない。

もちろん本人の努力で習得できることもあるけど、そういうレアスキルは神様から授かることがほとんどだ。

そのほか、ごく稀《まれ》ではあるけれど『疾《はや》き剣闘士《けんとうし》』とか『魔道覚醒者《まどうかくせいしゃ》』なんていう、『称号』と呼ばれるものを授かる人もいるらしい。

これはスキルよりも遥《はる》かに希少で、称号を授かれば簡単にその道の一流になれる。たとえば『魔道覚醒者』は、他人よりも圧倒的に速く魔法を習得することができ、修業していく中でレアなスキルも覚えられるのだ。

ちなみに、スキルや称号にはランクが存在する。F～SSSまであって、SSSランクのものを授かることはまずない。エーアストでは十年に一人いるかいないかというレベルだ。

ただ、スキルはレベルを上げることによって上位のスキルに進化したりするらしいので、最初は低ランクだったのに最終的にSSSランクに到達することはある。

そこまで上げるのは、並大抵の努力や才能では無理だけどね。

この儀式で強力なスキルを授かれば、その後は悠々自適に暮らせるだろう。だが、ハズレを引いてしまうと、厳しい人生が待っている。

平凡な『料理』というスキルを授かる人も珍しくないけど、これがまた馬鹿にしたものでもなく、一流の料理人になるには必須であるため、決して評価は低くない。

自力で『料理』スキルを習得するのは思いのほか大変なこともあり、このスキルを授かった人は一生食いっぱぐれないのだ。

本当に酷《ひど》いスキルはそんなものではない。最低のFランクスキルともなると、なんの役にも立たないものばかりとなる。

噂《うわさ》では『早起き』とか『木登り』とか『大食い』なんてのもあるらしいけど、そんなものを授かったらどうすればいいというのか。

まあそれはそれで活躍する場面があるのかもしれないが……

とにかくいろんなスキルはあるけど、基本的には授かったスキルに見合った職に就《つ》く人が多いようだ。

そうこうするうちに、儀式はスムーズに執《と》り行われていく。

「信徒リノに神の祝福を」

薄桃色《うすももいろ》の髪をした少女リノが祭壇に立ち、神様からスキルを授かった。

リノは身長が百五十五センチくらいで、細身の割にはなかなかスタイルが良く、同級生の間でも評判の美少女だ。

彼女は何故か昔から僕と仲良くしてくれている。まあ、ずっと同じ学校に通っているし、一応僕たちの関係は幼馴染《おさなな》染《じ》みということになるのかな？

儀式を終えたあと、サラリとしたセミロングの髪をなびかせながら、リノは笑顔で僕のもとに駆け寄ってきた。

「私、凄《すご》いスキルを授かっちゃった！」

「え？　どんなのだい？」

「『魔力上昇』だって！」

リノが僕の耳元に近付き、授かったスキルを教えてくれた。

『魔力上昇』はBランクのスキルで、魔法の威力が高まるというかなりの優れものだ。スキルのレベルを上げていくと、魔法の威力が数倍にもなる。

基本的には、授かったスキルについては本人しか分からず、内緒にする人も多い。場合によっては、酷い差別を受ける可能性もあるからだ。

また、スキルはその人の奥の手になることもあるので、安易に明かすのは得策とは言えない。

中にはリノのように、いいスキルを授かるとそれほど気にしないでバラしちゃう人もいるけどね。

「凄いねリノ！　じゃあ将来は魔道士だね」

「うーん神官と迷っちゃうけど、『魔力上昇』を活かすなら、魔道士のほうがいいのかしら？

ユーリはどっちがいい？」

「僕はどっちでもいいと思うけど。リノがなりたい職業に就けばいいんじゃないかな」

「分かった！　冒険者になったら一緒にパーティーを組もうね。約束だよ！」

この世界には冒険者という人々が存在する。

その名の通り冒険を生業《なりわい》にする人たちで、依頼を受けて魔物を討伐したり、ダンジョンを攻略したりして生計を立てるのだ。リノみたいに戦闘系のスキルを授かったら、冒険者になるのが一般的だ。

僕は今のところ冒険者の道に進むかどうかも未定なので、その約束をするのはちょっとためらうけど、まあリノとパーティーを組むのも悪くないかな。

ちなみに、魔道士や神官とは職業の名称である。どちらも魔法を扱うが、魔道士は攻撃主体、神官はサポート主体だ。『魔力上昇』を積極的に活かすなら、攻撃主体の魔道士のほうがいいだろう。

『魔力上昇』のスキルを持つ魔道士なんて引く手数多《あまた》だから、仮に僕とパーティーを組まなくてもリノの将来は安泰だ。

僕もリノに負けず、いいスキルを授かりたいところだ。最低でもCランクくらいは欲しいかな。

Cランク以上のスキルを授かれれば、その道では生涯苦労しないことが約束される。

Dランク以下だと、多少厳しい現実が待っているかも。努力次第でなんとかなるけど、それでも他人よりは困難な道を歩むことになる。

万が一Fランクだったら……生きていくだけでも大変かもしれない。幸いFランクを授かる人は、一万人に一人とかそういうレベルらしいけどね。

まあでも、僕の両親はなんの変哲もない平凡なスキルを授かったけど、今まで幸せに暮らしてきた。結局のところ、どう生きるかだ。

「次、信徒ゴーグ……どうしたのですか？　ゴーグよ、祭壇の前へ……いないのですか？」

次に儀式を受ける信徒が来ないので、神父様が困っていた。

集まっている子供たちを見回しながら、どうして出てこないのか、いったいどの子がゴーグなのか探している。

ゴーグ……そういえばまだ見かけていなかったな。

神父様とて、さすがに子供全員の顔を把握しているわけではないから、知らなくても無理はない。

だが、僕らの同世代の中でゴーグを知らないヤツはいない。

アイツめ、ここでも問題を起こす気じゃないだろうな……

ちょうどそのとき、入り口の扉を開けて、十五歳とは思えないような大柄な黒い短髪の少年――ゴーグが教会の中に入ってきた。

「おう、もう始まってたか。まったくいい迷惑だぜ。こんな朝早くから儀式をするなんてよ。とても起きられねーよ」

しんと静かな礼拝堂内に、ゴーグの野太い声が響き渡る。それと同時に、教会にいる子供たちの目がいっせいに彼を捉《とら》え、少し怯《おび》えた表情になった。

そう、みんなゴーグを怖がっているのだ。

僕らの中でも群を抜いて乱暴な……いや、凶暴なゴーグほどのヤツは、世界にもそうはいないんじゃないかと思っている。

とにかく野蛮《やばん》でわがままで、そしてめちゃくちゃケンカが強い！

十五歳にしてゴーグの身長は百九十センチもあり、筋骨隆々の身体は、鍛え抜かれた冒険者たちよりも迫力があるほどだ。

巨体で怪力なだけではなく、運動神経も非常にいい。図体《ずうたい》がでかいだけの鈍《のろ》いヤツとは全然違う。

まさに手に負《お》えない存在で、気に入らないことがあると乱暴の限りを尽くす超問題児だ。

コイツに犯罪者以外の未来があるのかと心底訝《いぶか》しむような存在だが、今のところ決定的な罪を犯したことはない。

神父様がゴーグに苦言を呈《てい》する。

「君がゴーグですね。この神聖な儀式の日に何をしていたのですか。君の番ですよ、早く祭壇の前へ来なさい」

「あーそりゃスマなかったな、神父さんよ」

ゴーグは悪びれもせずにそう言い、そのまま歩いて祭壇に立つ。こんな重要な儀式でも、アイツは自分勝手なままなんだな。

正直なところ、ゴーグにはあまりいいスキルを授かってほしくない。

他人の不幸を願うなんて我ながら最低だけど、そう思いたくなるほどゴーグは嫌な男だ。

同じことを思っている人は、この中にもきっといるんじゃないかと思う。

「信徒ゴーグに神の祝福を」

ゴーグの身体に光が集まる。あんな凶悪なヤツには、ひょっとして神様も力を分け与えないんじゃないかと思ったけど、そんなことはなく無事にスキルを授かったようだ。

それも、僕の願いとは裏腹にどうやらいいスキルを授かったらしく、かなり上機嫌で祭壇を下りる。

そしてたまたまだろうけど、ゴーグは僕の目の前で足を止めた。僕の身長が百六十八センチなので、近くに来られると完全に見上げる姿勢になる。

よほど誰かに自慢したかったのか、ゴーグは僕を含めた周りの人間に、授かったスキルを打ち明ける。

「クックックッ、やっぱオレは選ばれし人間だぜ。なんとSSSランクの超レア称号『覇王闘者《はおうとうしゃ》』をもらっちまった！」

なんだってーっ！


『覇王闘者』の称号を持つ人間は、通常の十倍の経験値をもらえるようになる。要するに、他人より十倍早く成長できる最強クラスの称号だ。

前回確認されたのは確か百年以上前だったはず。現在この称号を持っている人なんて存在しないだろう。

ゴーグみたいな問題児が、どうしてそんな優秀な称号を授かれるんだ？　神様、いったい何を考えているんですか⁉

この凄い称号を授かったゴーグがどんな風に成長するのか……考えると、ちょっとゾッとする。

神様に感謝して、これを機に真人間《まにんげん》になってくれればいいけど。そうなることを祈りたい。

「次、ユーリ・ヒロナダ、祭壇の前へ」

いよいよ僕の名前が呼ばれた。かなり緊張する。

僕は祭壇に上がって、神様を模した像の前に跪《ひざまず》く。

どうかいいスキルを授かりますように……

「信徒ユーリに神の祝福を」

上から射《さ》してきた光を浴び、全身の力を抜いて大きな力に身を任せる。

すると、身体の中心に聖なる力が奔流《ほんりゅう》してくるのが分かった。指先までじんわりと流れが行き届き、自分の細胞が組み変わっていくような変化を感じる。

なんか力が漲《みなぎ》ってきた……これ、ひょっとしてとんでもないスキルを授かっているんじゃ？

全身から聖なるパワーが溢《あふ》れる感覚までしてきた。絶対にコレ、凄いスキルだよ。

儀式が終わったあと、自分が与えられたスキルを確認してみる。

どれどれ……ＳＳＳランクだ！　やっぱりね！

これで僕の人生はバラ色確定だ！　スキルバンザイ！

神様ありがとうございます！　ホントにホントにありがとう～！

……………………と思ったんだけど……

ウソ……だろ？　授かったスキルは……

『生命譲渡《サクリファイス》』！

これは自分の命と引き替えに誰かを生き返らせるスキルで、死者を復活させる魔法もアイテムも存在しないこの世界では、まさに神に等しい奇跡の技。

ＳＳＳランクに相応《ふさわ》しいスキルなんだけど……

前回――確か数十年前にこのスキルを授かった人は、王様に捕らえられ、王族の命を救うために犠牲になったとか。

逃げられないように幽閉《ゆうへい》されたあと、念のため『支配化《ドミネーション》』という術までかけられて生かされ続け、最期にはスキルを使わされて死んだらしい。

前回のは僕が住んでいるこのエーアスト国の話ではないけど、もしこのスキルがバレたら、やはり王様や権力者に捕らえられてしまうかもしれない。

当然、僕に先に死なれては困るから、何かの事故に遭ったり病気になったりしないように軟禁《なんきん》されるだろう。いや、それどころか魔法で洗脳され、幽閉されることまで充分考えられる。

とにかく、権力者が喉《のど》から手が出るほど欲しいものが僕のスキル――つまり予備の命だ。

知られてしまえば、必ず僕は捕まって一生飼い殺しにされる。そして、誰かを救うために殺されるのだ。

なんという最悪なスキルを授かってしまったんだ……もう僕に自由はない。

スキルを隠して生きると言ったって、一生隠し通すことなんて到底無理だ。いや、早々にバレてしまう可能性のほうが高い。

何がＳＳＳランクスキルだよ……

もう僕は終わりだ。こんなことになってしまうなんて。

あの野蛮なゴーグには『覇王闘者』の称号で、僕にはコレか。ホントに神様なんているのか？

それとも、他人の不幸なんて願ったから、僕にバチが当たったのか？

今までずっと神様を敬愛してきたけど、今はただひたすら憎い。

こんなスキル、神様に突っ返したい……

「ねえ、どうしたのユーリ？　どんなスキルをもらったの？　もし良かったら私にも教えて？」

僕の様子がおかしいことに気付いて、リノが近寄ってきた。

無邪気に尋ねてくるけど、たとえリノといえども、これを教えることはできない。

彼女が他人にバラすとは思わないけど、どこから情報が洩《も》れるか分からないんだ。絶対にこの秘密は守っていかないと。

でも……果たしていつまでバレずにいられるか……

「ごめんリノ、スキルがあまりに酷くて教えることができないんだ」

「そ、そんなに酷いの？　でも気を落とさないでね。スキルに頼らなくったって、きっといい人生送れるわよ」

普通のハズレスキルなら、どんなに酷くても死ぬことはないだろうけど、『生命譲渡《サクリファイス》』だけは違う。死ぬためだけにあるスキルだからな。

寿命をまっとうすることなんてまず不可能だろう。

僕は呆然としながら、儀式後の祝いの会にも参加せずに家に帰った。

◇◇◇

家に帰ってから、両親にもスキルのことは訊かれた。もちろん、親といえども教えることはできなかった。

一人部屋に戻り、ベッドの上でこれからの人生を考える。

無理だ……僕にはもう絶望しか浮かばない。

捕らわれ、殺されるためだけに生かされるくらいなら、悔いがないよう好きなことをやりまくってから死にたい。

好きなこと？　今僕がやりたいことってなんだ？

あまりの衝撃で、何も冷静に考えられない。すでに生きる気力がないのかもしれない。

ベッドでただ横になっていることすらつらくなり、僕は起き上がって外に出た。

夕暮れも過ぎ、そろそろ暗くなり始めた頃。僕は山道をひたすら歩いていた。

街の中を歩く気が起きず、ただ静かな場所へ行きたくて、足は自然と山頂に向かっていた。

どうにでもなれという、やけっぱちな思いだけで歩いている。

スキルがバレたら、もう人間扱いはしてもらえない。そんなプレッシャーに耐えながら生きていくのはつらすぎる。

このまま山でのたれ死んでしまおうか……後ろ向きな思いばかりが頭を埋め尽くす。

自暴自棄になっていると、ふとある音に気付いて空を見上げた。

遠方から何かがこっちに近付いてくる。

人が空を飛んでいる――『飛翔《フライ》』のスキルではなく、翼を使って羽ばたいているように見える。

しかも、その飛んでいる人は光り輝いていた。

僕は幻《まぼろし》でも見ているのか？

その光る有翼人の後ろから、あとを追うように、黒い塊《かたまり》が徐々に大きな姿を現した。

遠目ながら推測するに、体長は四十メートルを超えるだろう。ゆったりと上下に揺れながら空を飛ぶその巨体は……ドラゴンだ！

それもノーマルドラゴンではなく、上位個体である邪黒竜《じゃこくりゅう》じゃないかと思う。通常のドラゴンは、あんなに大きくないからだ。

なんでこんなところに？　いや、あの空飛ぶ人間をずっと追ってここまで来たってことか。

光る有翼人は必死に逃げているようだけど、ドラゴンはすぐ後ろまで迫っていた。そしてその人物は竜の息吹《ドラゴンブレス》で焼かれてしまい、光を失って下へと落ちていく。

それを見届けて、ドラゴンは去っていった……

大変だ、すぐにあの人のもとに向かおう！

すっかり日が暮れて森は真っ暗だったけど、何故かその人がどこに落ちたのかが分かった。

何か聖なる力に引き寄せられるように、その人のもとへ向かう。

どういうわけか、駆け付けている途中、暗く見通しの悪いこの山中を僕は少しも怖いと感じなかった。

草木が生《お》い茂り手探りで進む場所も、傾斜のきつい岩場や足元が悪い湿地も、今の僕にはまるで問題じゃない。

普段なら到底歩けないような険《けわ》しい山道を、僕は自分の身体じゃないように力強く進んでいく。

辿《たど》り着いてみて驚いた。落ちたのは、やはり人間ではなかった。

翼を持った女性——これは天使？　いや、伝え聞く天使とも少し違うような……

すでに事切れているらしく、輝きも失われているはずなのに、何故か仄《ほの》暗く光っているように見える。

綺麗な長い金髪で、背中には四枚の翼。服は黒く煤《すす》けているけど、あの強烈なブレスでも焼け尽きない丈夫な素材でできている。丈夫というか、神秘の素材って感じだけど。

きっと神様の一族だ。どういう理由か分からないけど、ドラゴンに追われて逃げていたんだ。

さっきまで憎くてたまらなかった神様に連なる存在が、僕の前で死んでいる。

……そうか、僕のスキルって、このために授かったんだな。

無意味と思えた僕の能力の存在意義が分かって、僕のすべきことを理解した。

どうか生き返ってください。

僕は授かったばかりの『生命譲渡《サクリファイス》』を使った。

そして僕は死んだ……

◇◇◇

「ユーリよ……ユーリ・ヒロナダよ」

僕を呼ぶ声が聞こえて目が覚める。

そこは真っ白な世界……あれ、僕死んだよね？　なんだこれ？

「ユーリ・ヒロナダよ、我が娘を救ってくれて感謝する」

そこにいたのは、輝くおじいちゃん……あ、この人は神様か！　失礼なこと思ってスミマセン。

でも、教会にある神様の像とは外見が全然違うぞ⁉　教会って意外と適当なのかな？

とりあえず神様が目の前にいるってことは、やっぱり僕は死んだんだな。まあいいけど。

あの女性は神様の娘だったのか。感謝されているってことは、助かったようだ。良かった……

「娘はふとした弾《はず》みで天界から落ちてしまい、たまたまそこに邪黒竜がおったのじゃ。ヤツらは神を天敵と思っておるので、ワシの力を引き継ぐ娘に襲いかかってしまった。娘はまだ見習いゆえ、邪黒竜を倒すほどの力がなくてのう。さらに、ワシも下界で無闇に力を使うわけにはいかず、どうすることもできなかったのじゃ」

なるほど、それで追われていたんだな。

「おぬしが犠牲になってくれたおかげで、我が娘は生き返ることができた。このワシとて、命を戻すのにはとてつもない力が必要で、ましてや女神の命ともなると、数百年を必要とするところじゃった」

あの女性は天使じゃなくて女神だったんだね。あれ？　でも待てよ……

「僕のスキルは、このために授けていただいたのではないのですか？」

「いやいや、スキルは全て人間のためにある。おぬしの『生命譲渡《サクリファイス》』は、今後の大いなる使命のために授けた。今回の娘のことは完全に偶然じゃよ。おぬしの死はイレギュラーじゃ。よって、神の権限にておぬしを復活させてつかわす」

「ええっ、いいんですか⁉」

「娘を復活させることに比べれば遥かに簡単じゃ。それくらいの奇跡は、おぬしに与えて当然じゃわい」

やった！　もう一度生きることができる！

あ、でも、あのスキルを持ったままじゃ、生き返る意味なんて……

「それとスマンが、スキルは一度おぬしに与えてしまったので、もう与えることはできぬ。あれほど貴重なスキルを使わせてしまっておいて、本当に申し訳ないが……」

あれ、神様って『生命譲渡《サクリファイス》』のことを本当に素晴らしい能力だと思って僕にくれたんだな。

あんなスキル、嫌がらせ以外の何物でもないと思っていたのに、神様のお心に気付かず申し訳ない……

でも、あのスキルをもう一度もらわずに済んで良かった。

「お詫びと言ってはなんじゃが、おぬしに特別な加護を与えよう。毎月経験値を100万ずつ与えるというのはどうじゃ？　まあこれでも『生命譲渡《サクリファイス》』とは釣り合わぬのじゃがな」

ええ～っ！　毎月100万の経験値？　凄いっ、それならあっという間にレベルが上がっていく。

自身のレベル、つまりベースレベルを100にするのに約2000万の経験値が必要って言われているから、二年でレベル100になれるぞ！　もちろんそれ以上のレベルにだって上げられる！

まあ経験値は、『剣術』とか『腕力』などのスキルをゲットするときに使ったり、取得したスキルのレベル上げにも割り振ったりしていくから、全体的な能力を底上げしつつベースレベルを100にしようと思ったら、大体5000万くらいの経験値が必要になるけどね。もちろん、育てるスキルにもよるだろうけど。

最強クラスの人は、多種多様なスキルを習得して、それらを高レベルにまで育てている。

そこまで強くなるには、経験値1億じゃ足らないかもしれない。

それでも毎月１００万経験値がもらえるなら、十年もすれば世界最強クラスになれちゃうな。

それにしても、神様は毎月１００万の経験値でも『生命譲渡《サクリファイス》』とは釣り合わないって言っていたよね。アレってそんなに凄いスキルだったの？

まあとにかく、女神様を助けて本当に良かった。


……待てよ。


せっかくだから、もうちょっと欲張ってみようかな……

元々拾った命みたいなものだし、あの絶望感を思い出すと、神様に少しわがままを言ってみたくもある。

よし……いちかばちか試してみちゃおう。

「神様、僕のような人間に毎月１００万の経験値は贅沢すぎます。もらうのは1だけでいいです」

「なんと！　経験値1などもらっても仕方ないじゃろ？」

驚く神様。さて、ここからが僕の狙いだ。

「ただしその代わり、次の月は経験値2、その次の月は経験値4と、毎月もらえる経験値を倍々に増やしていってほしいのです」

「倍々に増やすじゃと？　ふむ、それでも一年合計でえーと……今計算しておるからちょっと待て、

1たす2たす4たす……ボケとるわけではないぞ、普段足し算などする機会がないから、少し忘れとるだけじゃ！　8たす16たす……むむう、異世界にある『電卓』というアイテムが欲しいところじゃのう」

「神様、1＋2＋4＋8＋……＋2048で、計4095です」

このままじゃ話が進まないので、僕が計算してあげる。

「おおう、やはり若い者は数字に強いのう。しかし、おぬしの願いでは一年合計で4000程度の経験値にしかならぬが、それでいいのか？」

「はい。あとでやっぱりダメなんて言わないでくださいね」

「言うわけなかろう。しかし、なんとも欲のない願いじゃのう」

ぷぷっ、神様って計算に弱い！

この倍々方式で経験値をもらっていけば……時間が経てば経つほど凄いことになる。

二年も経過すれば、トータルで3000万を超える量をもらうことができるので、その時点で毎月100万経験値をもらうよりも得をする。さらにその後も倍々となっていくから、これはとんでもないことに……！

ちゃんと約束もしたし、あとで怒られるなんてことないよな？

まあ拾った命だ、でっかく構えよう！

「おぬしの願い、しかと聞き届けた。では下界へ戻してやろう」

「待ってください、お父さま！」

声と同時にスーッと現れたのは、山で倒れていた女神様だ。

あのときは分からなかったけど、さすが女神様、気が遠くなるほど美しい～。

「勇気ある少年よ、わたくしを助けてくれてありがとうございました。わたくしは慈愛《じあい》の女神フォルティーナです。わたくしからも、あなたに一つ贈り物を……」

そう言うと、女神フォルティーナ様は僕のほっぺにキスをしてくれた。

「女神の口づけには幸運が宿るとされます。あなたの人生に祝福を」

これ以上ないお礼をもらってしまった。

今さらながら、神様を騙《だま》しちゃって、めっちゃ心苦しくなってきたぞ。

我ながら調子に乗りすぎたかも……ええい、もうどうにでもなれ！

「ではさらばだ、ユーリ・ヒロナダ」

神様の言葉とともに、僕は下界へと戻された。

2．最強世代

あれから一ヶ月が経った。明日から僕は高等学校に通う。

神様と約束したことにより、このまま適当に日々暮らしていても時期が来れば毎月大量の経験値が入る僕ではあるが、色々あって進学することにした。

その理由の一つは、両親が僕を無職のまま家でダラダラさせてくれるわけがないから。無理矢理変な職業に就かされるよりは、学校に通ったほうがマシだろうと思ったのだ。

もう一つは、同世代の生徒同様に、勉学に励みながら経験値を稼ごうと思ったから。なるべく安全な状況で経験値が欲しかったら、学校は最適だ。

下界に帰ってきた次の日、早速神様からの贈り物として経験値が入ってきた。

約束通り1しか入ってなかったけど、問題は別のところ。

それはステータス画面を開いて分かったことだった。

なんと、スキルを選んで取得できるようになっていたのだ。それも、『神授の儀』でしか授かれないような超レアクラスのスキルだ。

そのとき出てきたのは『スキル支配』というもので、これはSSランクの凄いやつだ。使用すれば、相手のスキルを封じることができるらしい。

このスキルを成長させれば、相手のスキルを強奪《ごうだつ》することすら可能になるらしいけど、実際のところは不明だ。何せレアすぎて持っている人を見たことも聞いたこともない。

こんな超レアスキル、本当にもらっちゃっていいんですかーっ！　……と思ったら、そんなに甘くはなかった。

スキルの取得には、経験値が必要だったのである。

『神授の儀』で授かるスキルは神様から無償でもらえるけど、スキルは通常、経験値を消費して獲得しなくちゃいけない。

たとえば、剣で戦い続けて練度が上がると、ふとあるとき『剣術』というスキルがステータス画面のスキルボードに現れることがある。

それを得るのに、経験値を使わなくちゃいけないんだ。

『剣術』を取得したあとも、スキルレベルを上げるのには経験値が必要となる。

仮に経験値のストックが5万あるとすると、自身のベースレベルアップに2万、取得済みのスキルのレベルアップに2万、新しいスキルを取得するのに1万を使う、といったように分配して消費するのが一般的だ。

自身のベースレベルは全体のステータスアップに繋《つな》がるので非常に重要だけど、ベースレベルだけ上げても剣術はいつまで経っても未熟なままで、単なる力押しの攻撃になってしまう。

そのため、ベースレベルアップで基礎ステータスを上げつつ、必要なスキルも鍛えていくのが上手な成長の仕方だ。

スキルはとにかくたくさんあるので、自分に合ったものを選んでレベルを上げる。

腕力重視の人もいれば、敏捷《びんしょう》や器用さ重視、または回避や耐久を重視する人もいる。変わったところだと、暗視や隠密系のスキルを上げて諜報員《ちょうほういん》を目指す人もいる。

今回選択に出てきた『スキル支配』は、経験値1000万使わないと取得できない超レアもので、覚えるのは到底無理だった。

そもそも1000万なんて経験値、よほどのことがない限り溜めるのは不可能だ。

それくらい取得するのが困難なスキル。普通は『神授の儀』で授かる以外の獲得方法なんてないだろう。

いきなりなんでこんなスキルが出てきたのか不思議だったけど、あのときの女神様のキスが原因なのではないかと思っている。

というのも下界に戻ってきたあと、自分のステータスを確認してみたら、『女神の福音《ふくいん》』という謎のスキルを持っていた。

説明が書かれていなかったからいったいなんだろうと思ったんだけど、そのときは女神様のキスによって何かの力を授かったのだと納得した。

きっと、女神フォルティーナ様が言っていた幸運とは、これのことなんだろう。口ぶりからして、自身も知らなかったようだけど。

さて、せっかくレアスキルが選択に出ても、現状では経験値がないのでゲットすることができない。

しかも、普通のスキルは一度スキルボードで選択に出れば消えることはないので、経験値を溜めてからいつでも取れるのだけれど、女神様からのスキルはたった一日で消えてしまった。

つまり、表示されたらすぐに取らないとダメってことだ。

これは僕の勘だが、女神様からの贈り物は、今後も毎月ランダムで出てくるのではないかと推測している。

一度取り損なったスキルが再び出てくるのかどうかは微妙だが。

今回取り逃した『スキル支配』は、このあともう出てこないのかもしれない。しかし、またいいスキルが現れたときのために、少しでも経験値を溜めておきたい。

そのために、比較的安全に経験値を稼げる進学を決意したのだ。

モンスターが徘徊《はいかい》するこの世界では、高等学校でもモンスター対策に割《さ》く時間は多い。

儀式で『料理』スキルをもらった人だって、とりあえず高等学校には進む。この世界ではいつモンスターに襲われるかも分からないので、戦闘は生活と切り離せないのだ。

学校で一通りモンスター対策を学んだあとに料理人や大工などの道に進んでも、あるいは冒険者や衛兵などを選んでも全然遅くはない。

そういうわけで、学校ではいろんな戦闘方法を教えてもらえるし、学校生活の中で経験値を稼ぐこともできる。

それを一切使わずに溜めて、しばらくは女神様からのスキルゲットに全振りしたい。

ちなみに経験値は『神授の儀』を受けてから獲得できるようになるので、同世代はみんなベースレベル1だ。同じスタートラインに立って、高等学校入学から卒業までの三年間、これから一緒に成長していくことになる。

毎月倍々で経験値をもらい続けたら、数年後には僕の人生超絶バラ色なんて甘く考えていたけど、それまで順調に過ごしていけるかが結構重要だ。

つまらないことで大怪我とかしたくないし、変なトラブルなどに遭うことなく、なんとか無事に生活していきたいと思う。


……しかし高等学校に入学後、僕はとんでもない事実を知るのであった。

◇◇◇

この世界イストリアには、様々な人種、動物、そして魔物――モンスターがいて、人類は日々モンスターによる脅威にさらされている。

それに対抗するのが『冒険者』と呼ばれる人たちだ。剣や弓、魔法などを駆使して、あらゆる魔物を退治していく。

ちなみに、ただの動物とモンスターとの違いは、体内に魔石があるかないかだ。魔石によって、モンスターは動物とは比較にならないほどの力を持ち、そして凶暴化している。

これは余談だが、動物と違って、魔物の肉は基本的に美味しくないという特性もある。

魔物は死ぬと体表に魔石が浮かんでくるので、冒険者は依頼の報酬と回収した魔石を売ることで収入を得ている。

僕が入学した高等学校では冒険者の育成に力を入れていて、魔物への対抗手段の基礎を教えるのだ。

今日からその学校生活が始まり、そして二年間で終わる。

卒業する頃には、神様からの経験値も毎月かなり入るようになるので、僕も充分強くなっているはずだ。

そこまで順調に行けば、あとはだいぶ楽になるだろう。二年間の辛抱だな。

ちなみに、朝起きてみると、神様から今月分の経験値2が入っていた。それと同時に、やはり女神様からのレアスキルも選択に出ていた。

先月は『スキル支配』だったけど、今月は『時間魔法』というスキルだった。ランダムなのも推測通りだ。

『時間魔法』は、これまたレア中の超レアスキルで、SSSランクである。

取得時点でどんな効果があるのか分からないけど、確か成長させると時間を止めることも可能になるのだとか。

大昔、一人だけそのレベルまで到達できた人がいたらしいけど、何せ公的な記録も残っていないような超レアスキルだ。ゲットするのにも経験値が1億必要だったたし、コレを成長させせようと思ったら、いったいどれほどの経験値が必要となるのか目眩《めまい》がする。

めっちゃ欲しかったが、当然今の僕には取ることができない。

いずれまた出てきてほしいけど、どうなのかなあ。

毎月一回のチャンスだから、たとえ次にまたこのスキルが出たとしても、数十年後という可能性もあるしね。まあ取れないものは仕方ない。

今は我慢して、大量の経験値がもらえるようになってから考えよう。

もちろん、日常生活でもコツコツ経験値を溜め、いざというときに取り逃さないよう、きっちり備えておきたいと思う。


さて、僕は朝食を済ませると、学校へと向かった。

入学式に出てみると、大変な事実を知ることとなった。

実は今年入学する生徒たちは神様に選ばれた人間ばかりで、多くの人がとんでもないスキルを授かっていたのだ。

リノが授かった『魔力上昇』でも充分凄いんだけど、そんなレベルではなかった。

なんと、伝説のスキルが続出したのだ。

そもそも『覇王闘者』という超レア称号を、ゴーグみたいなヤツが約百年ぶりに授かったのも不思議だったけど、やはりそれには理由があったようだ。

『剣聖』、『大賢者』、『聖女』なんていう、どれも超ド級のSSSランク称号が出たのだ。

さらに、数百年ぶりに『勇者』の称号も出た。これはSSSランクを超えた存在で、頂点という意味のVランク称号と呼ばれている。

『神授の儀』の当日は、あまりのことにさすがにみんな秘密にしていたらしいんだけど、徐々に明らかになって、この事実が発覚したというわけだ。

『勇者』の称号はとても大きな意味を持つ。

そう、実は『勇者』の出現によって、表裏一体となる存在――魔王が現れると言われているんだ。

つまり、今回これほどの逸材が揃ったのは、近々魔王が復活する可能性が高いということを意味する。

我が国エーアストばかりに出現した理由は、選ばれし者――『勇者』と、その従者たちがお互い出会いやすいようにするため。

実際、数百年前も同じような状況だったらしい。

事の重大さに気付いた生徒たちが、自分が授かった能力を打ち明けたということだ。そういう事情を、今入学式の中で校長先生が詳細に話してくれた。

学校生活はのんびり適当に過ごして、のちに大量に経験値を獲得してウハウハ人生と思っていたのに、とんでもないことになってしまった……

そして一つ、僕は気付いたことがある。

僕の授かったスキル『生命譲渡《サクリファイス》』は、『勇者』の命の予備だったんだ！

あのとき神様は言っていた。

「おぬしの『生命譲渡《サクリファイス》』は、今後の大いなる使命のために授けた」

『勇者』のために犠牲になるのが、元々の僕の運命だった。

毎月100万の経験値でも『生命譲渡《サクリファイス》』には釣り合わないというのは、『勇者』の命の価値がそれほどのものということ。

当然だ、『勇者』の命を経験値に換えられるわけがない。

しかし、その『生命譲渡《サクリファイス》』はもうなくなってしまった。

『勇者』が倒れたとき、この世界は終わりを迎えるのだろうか？

最初から『生命譲渡《サクリファイス》』の存在意義が分かっていれば、僕も自暴自棄にならず、誇り高く生きられたかもしれないのに……

ひょっとして、僕が『勇者』以上に成長すれば、魔王を倒せるなんてこともあるのか……？

『勇者』は特別な力を持っている。まさに魔王を倒すためだけに生まれるような存在だ。

万が一のことがあったとき、果たして僕が代わりになれるだろうか？

そういえば、女神様を助けに山道を急いだとき、まるで自分の身体じゃないみたいに、体内から強い力を感じた。

きっと『生命譲渡《サクリファイス》』を授かったとき、僕のステータスも大幅に上がっていたんだ。

今さらながら思い返してみると、『神授の儀』のあと、全身の細胞が劇的に変化していくような錯覚と、力が漲ったのを感じた。

あれはSSSランクスキルに相応しい体質へと変化した証《あかし》だったに違いない。

そもそも『勇者』を助けるスキルを持つ僕が、なんの変哲もないただの弱者だったら、『勇者』のそばで一緒に戦えるわけがない。

あのとき周りの人とステータスを比較していれば、自分の能力に気付けたかもしれないが……

まあ考えても仕方ない。

一度死んだことにより、すでに僕のステータスは平凡に戻っているし、それにもうあのスキルはないのだから。

さて、入学式が終わった僕たちはそれぞれの教室へ向かう。

高等学校に今年入学した生徒は約二百人。計五クラスに配属された。

クラスでの自己紹介で、レア称号を持つ生徒が判明する。

『覇王闘者』――経験値十倍スキルを持つのは、もちろんゴーグ。巨漢でどうしようもないならず者だ。

『聖女』――圧倒的な聖なる力を行使できるのはスミリス。青い髪をした小柄な少女で、正直あまり目立つような子ではない。聖女は悪魔に対する力、退魔術というものが非常に得意で、強力な結界なども張ることができるらしい。

『大賢者』――大魔力でほとんどの魔法を使いこなすのは、赤い髪をしたテツルギ。特に攻撃魔法に関しては、他の追随を許さないほどの威力を持つ。ちなみに、彼は魔法職なのに戦士顔負けの大柄だ。中等部は別の学校だったので性格はあまりよく知らないが、結構ひょうきんな感じに見える。

『剣聖』――様々な剣技を習得し、剣においては右に出る者はいない存在はイザヤ。薄茶色の髪をした凄いイケメンで、背も高いし運動神経もいいし学力も優秀という、まさに欠点なしの男だ。ずっとモテっぱなしの人生だったようで、色々となんかずるい。

『勇者』――剣も魔法も使いこなす最強の力を授かったのはメジェール。身長は百六十センチくらいか？　金髪セミロングの少女で、髪型をワンサイドアップにしている。この子も他校だったのでよく知らないが、凄いじゃじゃ馬だという噂は聞いた。

成長力では『覇王闘者』には劣《おと》るが、『勇者』には専用の強力なスキルがたくさんあるのだとか。それも、経験値を使わずとも勝手に覚えていくらしいので、獲得した経験値を全部自身のレベルアップに使えるそう。

ちなみに、称号にはスキルと違ってレベルはない。称号自体が大きく成長する才能の証だからだ。基礎ステータスも、通常と比べて非常に高くなるという。

ほかにもレア能力を持った生徒はいるけど、クラスメイトに対して能力を秘密にしている人も多いので、全貌は未《いま》だ分からない。

将来的にはみんな仲間となって魔王軍と戦うだろうから、いずれ能力を打ち明けることになるとは思うけどね。まあとりあえず、この五人が最上位となるのは間違いない。

クラス分けでは、五人をあえて同じクラスにしたらしい。将来、パーティーを組む可能性が高いからだ。

一応ほかのクラスにも、この五人に負けず劣らずの凄い称号持ちがいるという話ではあるけれど。

僕はたまたま彼ら五人と同じクラスになってしまったが、なんとか平穏に学校生活を送りたいものだ。

あと『魔力上昇』スキルを持つリノも、僕と同クラスになったのは少し心強いかな。

「ユーリ、同じクラスになれたね！　二年間一緒に頑張ろうね」

「ああ、こちらこそよろしく頼むよリノ」

「うん！」

挨拶してきたリノにそう返したら、嬉しそうに頷いていた。

さっき先生が説明してくれたが、卒業するまでクラス替えはしないらしい。

僕たちのクラスは特に優秀な者が集まっているという話なので、将来活動するパーティー作りのためにも、ここで結束を固めてお互い切磋琢磨《せっさたくま》してほしいとのことだ。

ちなみに、優秀な人ばかりではバランスが悪いと思ったのか、平凡な能力の人もチラホラ組み入れられている。

僕もその枠の一人だ。

今の僕はホントに無能力者なので、学校には『神授の儀』で授かったスキルを、まるで役に立たないFランクスキルと申告した。

恥ずかしいからみんなにもスキルを知られたくない、と言ってあるので、まあ嘘がバレることはないだろう。

教室で僕とリノが適当に雑談していると、たまたま彼女の後ろをゴーグが通った。

「どけっ！」

「キャッ」

特に邪魔になるような位置ではなかったはずだが、ゴーグはリノを押しのけるように突き飛ばす。

「ゴーグ、そんな無理に押さなくてもいいじゃないか！」

しまった！　痛がるリノを見て、つい反射的に言葉が出てしまった。

「なんだお前？　このオレに逆らうってのか？」

「別に逆らっているわけじゃ……」

「ああん？　テメー、口答えするんじゃ……ん？　お前……」

なんだ？

何故か分からないが、ゴーグが僕の顔をじっと見ている。

「お前……名前はなんつーんだ？」

「僕はユーリだけど……」

「ユーリ？　……ふん、気のせいか」

僕の何が気にかかったのか知らないけど、少し考え込んだあと、ゴーグは何もせず去っていった。

ゴーグと僕は中等部は同じ学校に通っていたけど、同じクラスになったことはない。生徒に興味のないヤツだったし、僕のことなんか知らないはずだ。

いったい今のはなんだったんだ？

「ユーリ、大丈夫？　怖かったね」

「ああ、これから二年間、アイツには気を付けないとな」

トラブルになりかけたけど、とりあえず無事に僕たちの学校生活が始まった。

3．女勇者は積極的です

学校に入学してから一ヶ月が経ち、神様から今月分の経験値が僕に与えられた。４だけどね。

そして今月の女神様からのスキルは『千里眼』というSランクスキルで、視界外のものが見えるようになる凄い便利なものだったけど、取得するのに１００万経験値が必要だったので諦めた。

まあとにかく、今はコツコツ経験値を溜めていくしかないな。

ちなみに、さすがにまだ入学して間もないから、自力で稼いだ経験値も全然ない。戦闘関係の授業もほとんどしてないし、現在経験値は１０５０だよ。

一応、ベースレベルを2に上げられるけど、女神様からのレアスキルを取るため、しばらくは一切経験値を使わないでストックしようと思っている。

どんなスキルが来るか分からないからね。今のところどれも超レアすぎて取れていないけど、低い経験値で取れるスキルも、きっと出てくるはず。

自身のレベルアップはいつでもできるので、必要と思ったらそのときにすればいい。

「ねえ、ユーリはベースレベルを2に上げないの？」

同じクラスのリノが、まだレベル1のままでいる僕に訊いてきた。

みんなだいたい同じ経験値を取得しているので、僕以外は全員レベル2に上げているようだ。

経験値十倍を持っているゴーグだけ、レベル5になったらしいけどね。

ちなみにレベルは特に隠す情報でもないので、ある程度お互いの成長具合は把握し合っている。

リノは言葉を続ける。

「最初はまず自身のレベルを上げて、ステータス全体を上昇させるのが基本って先生が言っていたよ？」

「いや、僕はちょっと欲しいスキルがあるから、今は溜めているのさ」

「えっ、もうスキル選択がボードに出たの？　普通は訓練しないと出てこないよね」

「いや、まだ出てないけど、出たときにすぐ取れるようにね」

「うーん、スキルが出てから経験値を溜めてもいいと思うんだけど……スキルは逃げないよ？」

まあ普通のスキルはそうなんだけど、女神様からのスキルは、すぐに取らないと消えちゃうんだよ。

ベースレベルはいつでも上げられるけど、レアスキルは待ってくれない。

経験値については、現在組んでいるチーム（一緒に戦うメンバー）の人数で均等に割るんで、あまり戦闘の役に立っていない僕でもみんなと同等にもらえるのはありがたいところ。

まあ役立たずなのに同量の経験値をもらっちゃうのは申し訳ないけど、レアスキルを逃さないためには仕方ない。みんなゴメンね。

今はとにかく、せこく経験値を貯蓄します。

と、そのとき。

「ねえユーリ、アンタとはこの学校で初めて出会ったと思うけど、なんか以前にも会ったことない？」

僕に話しかけてきたのは、なんと『勇者』の称号を持つメジェールだ。

このクラスになってすでに一ケ月経つけど、話しかけられたのは初めてだ。

メジェールは超が付くほど特別な存在だから、地味でまったく目立たない僕なんかに接触してきて、横にいるリノもちょっとビックリしている。

この世界の救世主であるメジェールは、基本的には称号持ちの人たちと一緒にいることが多い。

そんな人たちと会話しているところを横で聞いていた限りだと、現在レベル2でありながら、メジェールの基礎ステータスはめっちゃ高いらしい。確かに、すでに相当の強さを感じさせている。

平々凡々な僕とは住んでいる世界が違うので、正直いきなり話しかけられて僕も驚いている。

「なんかねえ……アンタを見ていると、不思議と昔からの知り合いみたいな気持ちになるのよね。アタシたち、ひょっとしてどこかで会ってたのかな？」

メジェールは僕に何かを感じているようだ。

当初の予定では、キミの命を救うのは僕の役目だったからね。キミのもう一つの命が僕だったと言ってもいいだろう。

そう考えると、なにか運命的なリンクがあってもおかしくないかもね。

「私とユーリは昔からの知り合いだけど、メジェールさんと関わりになるようなことなんてなかったと思いますよ」

僕の代わりに、リノが質問に答えた。

なんかでも、ちょっとキツイ口調に聞こえるな。リノってばどうしたんだろ。

「あら、ひょっとしてリノの彼氏だった？　ゴメンね、気安く声かけちゃって」

「ち、違いますっ、別に彼氏ってわけじゃ……」

「あれ、そうなの？　じゃあアタシ、ユーリにコナかけちゃおっかなあー。なんか運命みたいなの感じちゃうんだよね」

「ゆ、勇者さんには、もっと大事なお仕事があると思いますけど？」

「ふーん……ま、いっか。じゃね、ユーリくん♪」

メジェールは向こうへと去っていった。

噂ではもっとキツイ性格のイメージがあったけど、そうでもないんだな。

快活な美少女なだけに、クラスでも人気がある子だ。みんな尻込みするから、ちょっかいをかけるヤツなんていないけど。

あ、いや、『勇者』を口説《くど》く怖いもの知らずなヤツもいたか。

そんなことをぼーっと考えていたら、リノがジト目でこちらを見てきた。

「何よ、ユーリってば、ああいう子がタイプなの？」

「ええっ、なんで？」

「別に。邪魔しちゃってごめんなさいね」

なんかプンプンして去っていった。

怒られるようなことした憶えはないんだけどなあ……女心は分からんね。

◇◇◇

入学してから早四ヶ月。

相変わらず神様からもらえる経験値は雀《すずめ》の涙で、今までは女神様から提示されるレアスキルも取れないものばかりだったけど、なんと今月は違った。

『精密鑑定』というスキルで、経験値3万で取得可能だった。これはAランクスキルで、レア度から考えると破格だろう。

現在ストックしている僕の経験値は3万400。ピッタリ取れる量だ。

万が一に備え、経験値を全部溜めておいて良かった！

ちょっと足りなくても、なんとか一日で稼げたかもしれないが、戦闘授業がない日もある。もしレベルを一つでも上げていたら、足りない分を補うために、今日は奔走《ほんそう》していたかもしれない。女神様のスキルは一日で消えちゃうからね。

早速『精密鑑定』を取ってみて、どんなスキルかを確認する。

通常の『鑑定』スキルよりも分析・解析できる対象が多く、様々なものを調べることができるようだ。

なんと、物品だけでなく人間やモンスターの能力も見通すことが可能らしい。このスキルを成長させていくと、鑑定の精度も上がるようだ。

今までに出てきた『時間魔法』とかに比べたらだいぶ小物のような感じだけど、それでもかなりのレアスキルだ。それが経験値3万で取得できるなんて、大変リーズナブルである。

今までも色々と分からないことが多かったため、鑑定スキルは大歓迎。これからは、このスキルで調べられるぞ。

――って思ったんだけど、試しにちょっと使ってみたら、一回でMPが切れた。

スキルや魔法の使用にはMP……つまり魔力が必要なんだけど、レベル1の僕では、『精密鑑定』を一回使ったらMPを使い果たしてしまう。

さらに言うと、まだスキルのレベルが1なので、ロクな鑑定ができない。

これは仕方ないね。最近はクラスのみんなも強くなって、戦闘で獲得できる経験値も増えてきたから、今後は少しベースレベルやスキルのレベルアップに回してもいいだろう。

ちなみに、クラスのみんなは経験値を自身のレベルアップに回している人がほとんどで、現在レベル8くらいになっている人が多い。

レベル1なんて当然僕だけ。みんなからは呆れられている。

まあ僕なんて元々クラスじゃ空気みたいな存在だけどさ。

ただ、『勇者』の称号を持つメジェールだけは、やたら僕に絡んでくるんだよね。

リノも変わらずに僕のところによく来るので、クラスでも……いや学校でも指折りの美少女二人が、何故か僕の周りにいるという奇妙な現象が起きている。

これについて、クラスの男子から相当妬《ねた》まれているようで、平穏に過ごしたい僕としては少々困り気味だ。

あと、クラスのみんなの能力が徐々に明らかになってきた。ぼちぼち授かった力の片鱗《へんりん》を見せ始めているからだ。

将来は色々なクラスメイト同士でチームを組むことになるだろうし、お互いの能力を知っておくのも重要ということで、みんなあまり隠さずに披露している。

確認できた能力としては、不死身のような再生力を持っていたり、簡単にゴーレムを作り出したり、魔法を無効化しちゃったり、肉体を大幅に強化したり、凄い暗殺能力や変な超能力を使える人もいた。

なんでも切断しちゃう人や聖剣を作り出す人もいて、もはやそのスキルは称号持ちの人たちに引けを取らない凄さだ。

きっと魔王復活に対抗するため、神様が強力な能力を授けてくれたんだろう。僕たちはほかの世代の人たちとは一線を画す、最強世代となっている。

いや同世代でも他国ではそこまで強力な能力持ちはいないらしいので、エーアストのみに存在する対魔王軍特別戦力といったところだ。なので、とにかく全体的に戦闘力が高く、生徒の成長はすこぶる早い。

ちなみにあの無法者のゴーグだけど、たった四ヶ月ですでにレベルは20を超えているらしい。まだ本格的な戦闘授業が始まっていないにもかかわらずだ。

この調子でいけば、いったいどこまで成長するのか想像も付かない。

それと、他クラスからも素行《そこう》の悪いヤツらが集まって、ゴーグとつるむようになった。

ゴーグの仲間になるようなヤツらだけに、能力もかなり強力で、鉄の弾を高速で撃ち出す武器を使うヤツもいる。

どうやら異世界の武器を召喚するみたいで、これも上位能力者に勝るとも劣らない強者だろう。

魔王に対抗するための能力のはずなのに、素直に使命をまっとうすることにはなりそうもない気がする。

僕の嫌な予感が当たらないことを祈るだけだ。

◇◇◇

「アンタたち、いっつも一緒にいるわねえ。ホントに付き合ってないの？」

今日もいつも通り、リノととりとめのない会話をしていると、メジェールが僕たちのところにやってきた。

まあこれも、すでに見慣れた光景となってきたところだが。

「毎日目の前でイチャイチャされると、結構気になるんだけど？　付き合っているなら、ハッキリそうと言ってほしいわ」

「ええっ⁉　んー……ユーリ、私たちの関係ってなんだろうね？」

なんかリノが赤い顔してモジモジしているな。

以前みたく、ハッキリ否定すればいいのに。ああ、僕からもちゃんとメジェールに伝えてほしいってことか。

「いや、本当にただの友達だよ。なっ、リノ」

「あ、はい、そうです……」

急にリノのテンションが下がった。

今の答えで良かったんだよね？　どうもよく分からないな。

「ふーん、信じていいわけね。何をするにもず～っとアンタたち一緒だから、てっきりデキてるものかと思ったわ」

まあ確かに、リノはほとんど僕と一緒にいるけどね。でもそれを言ったら、メジェールも事あるごとに僕たちのところに来るんだけど？

正直言って、『勇者』で美少女なメジェールに頻繁に来られると、みんなから注目されちゃって困る。

おかげで男子生徒からはすっかり目の敵《かたき》にされている状態だ。

「メジェール、なんでいつもそんなダメ男のもとに行くんだ？　俺たちと一緒に遊ぼうぜ？」

「そうそう、リノも来いよ！」

ほ～ら早速やってきた。

最近メジェールにご執心《しゅうしん》のカインと、以前から妙にリノを気に入っているゲルマドだ。

カインはクラスメイトの中でも相当なイケメンで、しかも聖剣を作り出す凄いレアスキルを持っている。

めちゃくちゃモテるヤツだけど、かなりの女たらしで、相手を決めずに複数の女の子と付き合っているようだ。メジェールのことも、『勇者』という称号を恐れることなく熱心に口説いている。

ゲルマドは小太りな感じの男で、いつも調子のいいことを言っている目立ちたがり屋だ。そして天使の力を身に宿して戦うという、これまた強力なスキルを持っている。

「アンタたちも懲《こ》りないわね。アタシはユーリに用があるの。もういい加減放っておいてほしいわ！」

「わ、私もユーリと一緒がいいの。ごめんなさい、もう誘わないで……」

「おっ、くっ……ちっ、ゲルマド行こうぜ」

リノたちの取り付く島もない拒絶に、カインたちは去っていった。

この子たち、結構キツいこと言うよね。あんな言い方されたら、僕ならちょっと傷付いちゃうんだけど……？

まあでも、カインたちが全然諦めないから、ハッキリ拒絶したんだろうけどね。

ちなみに、実はこのクラス、強力なスキル持ちが多いのはともかくとして、何故かやたら問題児が揃っている。

強いスキルを授かったから傲慢《ごうまん》になったのではなく、どうも生来の性格に難があるらしかった。

ゴーグのこともあるし、神様が優秀なスキルを授ける基準がよく分からないよなあ。結構ランダムなのかもね。

メジェールが大きく息を吐き出す。

「はー面倒くさかった。カインもゲルマドも、なかなかめげない男だわ。それにしても、ユーリの動じなさもハンパないわね。アンタきっと大物になるわよ」

その言葉にリノも同調するように反応する。

「ユーリは今でも充分大物だけどね。危ないよって言っても、全然レベル上げようとしないし」

「確かにねえ。『勇者』であるアタシがこんなに接触しているのに、まるでなんとも思ってないんだから！」

ありゃ、好き勝手に言われちゃっているな。

大物というか、時間が過ぎるのをひたすら待っているだけなんだけどね。いずれ大量の経験値をもらえるから、平穏に学校生活が過ごせればそれでいいかなと。

とにかく、争いごとは避けたいってだけだ。

僕たちが談笑していると、教室に突然怒号が響き渡る。

「テメー、少し調子こいてんじゃねぇのか？」

暴れん坊ゴーグだ。少し離れた場所で、誰かと揉めているらしい。いや、揉めているというか、一方的に言いがかりを付けているだけだと思うが。

「ご、ごめんよ、そんなつもりじゃなかったんだ」

「あーん？　詫び入れるなら土下座しろ」

今回だけじゃなく、ゴーグは度々クラスメイトを脅《おど》しつけている。

すでに他クラスの生徒を半殺しにして、学校をやめさせたという噂も出ているほどだ。

まさにやりたい放題だけど、将来の英雄候補だけに、学校側も仕方なく野放しにしている感じだ。

まあ学校が締め付けようとしたところで、それに従うゴーグじゃないけどね。

アイツは何かが壊れている。

中等部の時点ですら、ゴーグの行動は目に余るものがあった。それが、高等部に進んでもはや歯止めが利《き》かない状態だ。

いずれアイツは人を殺すんじゃないだろうか？　いやそれどころか、とんでもないことをしでかしてもおかしくない男だ。

いくら魔王に対抗する戦力とはいえ、本当にこのままでいいのか？

何か僕の中で爆発しそうな感情が湧き上がってくる……

「やめろゴーグ！」

「ユーリっ⁉」

リノの声でハッと僕は我に返る。

しまった……気が付いたらゴーグに向かって叫んでいた。

何故だ!?　僕はそこまで正義感に溢れた人間ではないはずなのに……？

僕は神様から大量の経験値をもらったら、のんびり適当に過ごそうと思っている小さな男だ。何があっても争いだけは絶対に避けたいと思っている。

それなのに、しつこく脅し続けているゴーグを見て、無性に許せなくなった。

戦っても、絶対に敵《かな》うはずなんてないのに……

「今叫んだのはユーリ、お前か？」

ゴーグが僕のほうに向き直って睨《にら》みつけてくる。

こうなってはごまかしようがない。やれるところまでやってみるだけだ。

「ゴーグ、弱い者イジメはやめるんだ」

「まさかお前のような役立たずがこのオレにたてつくとはな。ゴミみたいなヤツと思って、見逃してやってたのが良くなかったか。二度と学校へ来れないようにギッタギタにしてやる」

まっずいなあ……大怪我するのだけは避けたい。

しかし、なんでこんなことになっちゃったんだ？　怒りに任せて叫んでしまったことを今さらながら後悔する。

仕方ない……出たとこ勝負だ。

弱気になっているのを気取《けど》られないよう、僕はゴーグに接近する。そしてあと少しでぶん殴られる距離まで来たところで、救いの仲裁《ちゅうさい》が入ってくれた。

「もうそれくらいでイイでしょ、ゴーグ。こんな弱い男を痛めつけたらアンタの格が下がるわよ？」

メジェールだ。

リノも、その後ろに隠れるように付いてきている。

「……ふんっ、次は容赦しねえぞ」

ゴーグは拍子抜けするくらい、あっさりと引き下がった。

別にメジェールが怖いわけじゃなく、さすがに女の子相手に凄むのはカッコ悪いと思ったんだろう。現段階では、まだ圧倒的にゴーグのほうが強いと思うしね。

逆に、メジェールの力がゴーグに並んだら、アイツは彼女に戦いを挑むかもしれない。

ゴーグにとって、人類の希望である『勇者』を叩き潰すのは気持ちイイだろうから。

そんなことが起こらないことを祈りたいが……

「ふーん……ユーリってば、ただニブいだけかと思ったら意外に熱い男なのね。アンタ本当に大物になるかもよ」

メジェールが片手を上げて去っていく。

今回はメジェールに救われたな。僕ももう少し冷静な行動が取れるように気を付けよう。

◇◇◇

高等学校に入学してから一年が過ぎ、僕たちは二年生に進級した。

なお、クラス替えをしていないので、顔ぶれは一年時のまま変わっていない。

高等学校は二年制。あと一年教わったあと、僕たちは社会へと出ていく。

一部の専門職スキル——料理や裁縫、建築などのスキルを持つ人はその道に就職するだろうけど、その他の人は、とりあえず冒険者ギルドに所属することになる。中には、街の衛兵や国家所属の騎士団を目指す人もいるけどね。

何はともあれ、まずは冒険者として力試しをするのが通例だ。

冒険者の仕事は多岐《たき》にわたってあるので、仕事に困ることはないし、能力さえあればたくさん稼げる職業だ。どうしても自分には向かないと感じた場合は、諦めて通常職への転向もできるしね。

貴族などの上流階級が就くような仕事を除けば、冒険者が一番実入りのいい職と言えるだろう。

僕たちのクラスは特別な能力を授かった人が多いので、みんな冒険者を目指して頑張っている。

最近ではそこらの冒険者よりもよっぽど生徒たちのほうが強いので、稼げる経験値もかなり多い。

ちなみに、僕らの一つ下の世代が学校に入学してきたが、授かったスキルは至って普通らしい。

やはり魔王に対抗できる戦力は、僕たち世代だけということだ。いや正確に言うと、このエーアスト国にいる僕らだけ。

欲を言えば、魔王復活に対抗するため毎年強スキル持ちが生まれてほしいものだが、対魔王軍戦力は一国の一世代だけというのがルールなのかもしれないし、もしくはそれが神様が干渉できる限界なのかもしれない。

とにかく、魔王は僕らだけでなんとかしろってことだ。

さて、今月僕が神様からもらった経験値は８１９２だけど、これまでに学校で色々稼いだ経験値は50万近くになる。そのため、自身のベースレベルも少しずつ上げている。

いつまでもレベル１のままでは何かあったときに危険だからね。一部の経験値を使って、現在はベースレベルを10にしている。

残りのストック経験値は44万だ。

それと、女神様からのスキルは、『精密鑑定』以外まだ取得できていない。

毎月有能なスキルを提示されてホントにありがたいことなのだが、超レアすぎて取れないのだ。取得するのに経験値１００万以上かかるものばかりだしね。

唯一取得した『精密鑑定』も、スキルレベルはまだ１のままだ。レベル２に上げるのに６万経験値が必要なので、とりあえず後回しにしている。

まあまだ一年が終わったばかりだし、しばらくは地道に経験値を溜めておくことにしよう。

そしてクラスのみんなだが、全員ベースレベル20を超えていて、中には30近くの人もいる。ほとんどの人が、戦闘に消極的な僕よりも経験値を稼いでいるんだよね。

とにかく、みんな優秀なレアスキルを授かっているので、どんどんモンスターを倒して通常の数倍のスピードで成長している。

まだ冒険者にもなっていない生徒の身分で、しかも一年目なのに50万の経験値を稼ぐなんてのは破格の成長速度だ。

もちろん、経験値を分けてもらっている僕もその恩恵にあずかっているので、通常よりもかなり多く経験値を獲得できている。

みんなのレベルに多少バラつきがあるのは、経験値を自身のベースレベル上昇だけじゃなく、それぞれのスキルの獲得や育成にも割り振っているからだ。

『剣術』や『魔術』などの技術的なスキルや、『腕力』や『敏捷』、『魔力』などの基礎能力に関係するスキルも取得していかないと、ステータスが高いだけのデクの坊になってしまう。

『剣術』がなくても剣で戦えるし、『魔術』がなくても属性魔法とかは使えたりするが、技術スキルや基礎能力スキルなしでは弱い威力しか出せない。そのため、スキルの育成は必須だ。

ただこの辺は、個人の才能差で多少変わってきたりもするが。

スキルの取得には通常1万程度の経験値が必要で、レア度によってはそれ以上の場合もある。

取得したスキルは最高レベル10まで育てられるが、これが結構大変だ。

スキルをレベル2に上げるのには、取得時に使った経験値の二倍が必要となる。1万でゲットしたら、レベル2に上げるのに2万経験値が必要ということだ。

さらにレベル2から3に上げるには、2に上げたときの倍の経験値を使わなければならない。つまり、4万の経験値が必要となる。

スキルレベルが上がる度に必要経験値も倍々で増えるので、上げていくのはなかなか難しい。だからというわけではないが、スキルレベルが一つ違うだけで、能力も大きく変わってくる。

特に『剣術』や『武術』、『属性魔法』、『神聖魔法』などは、レベルが一つ違うと覚える必殺技や魔法も全然違うから、積極的に上げていきたいスキルだ。

要するに、獲得した経験値の使い道は千差万別《せんさばんべつ》。自身のレベル上げ、スキルや魔法の取得、そしてそれらスキルのレベル上げなどなど……当然生徒によって使い方は様々だから、これからどんどん各自の個性を活かした成長をしていくだろう。

僕はと言えば、積極的に戦闘には参加してないので、みんなほどスキルをゲットしていない。たくさん戦闘を経験していかないと、スキル選択に出てこないんだよね。

それと、『魔力上昇』というなかなかのレアスキルを授かったリノなんだけど、思っていたほどには成長を感じないんだよなあ。

どうも魔法系スキルを育てている感じがしない。稼いだ経験値を何に使っているんだろう？

ちなみに、『勇者』であるメジェールだけは、ベースレベルを上げると勝手にスキルを習得して、そしてベースレベルに応じてスキルレベルも上がっていくから、自身のレベル上げに経験値を全振りしている。よって、彼女のレベルは30を軽く超えていた。

もちろん、経験値を使って、自分の強化したいスキルを個別に上げることも可能とのこと。

さらに、基礎ステータスもむっちゃ高いし、『勇者』特有のユニークスキルまで持っているので、すでに並みの冒険者ではメジェールには歯が立たない強さになっている。

ほかの『剣聖』などの称号持ちたちも、スキルアップに使う経験値が少なくて済むらしく、ほかの生徒よりも自身のベースレベルに経験値を多く回せるようだ。なので、概《おおむ》ねレベルは高い。

あとは『覇王闘者』で経験値十倍スキルを持つゴーグだけど、あいつはもうレベル60近くになっている。たった一年で驚愕の成長ぶりだ。

ゴーグは称号なしでも元々強かったし、通常の数十倍の成長速度と言っていい。

ベースレベルが上になるほど、一つ上げていくのに経験値も多く必要になるので、この先はレベルの上昇もゆっくりになるけど、それでも卒業する頃にはレベル80を超えるだろうな。

基礎スキルの成長にもよるが、単純なレベルだけで言うなら、80以上のレベルはSSランク冒険者に匹敵する。

どこまで成長するのか末恐ろしいヤツだ。

ちなみに、レベルは100を超えることもできる。推測としては999まであるのではないかと言われているけど、そこまで到達した人はいないから実際のところは不明だ。

記録として残っているのは、レベル200くらいが最高だったんじゃないかな。

１００を超えるとかなり上がりづらくなるので、９９９まで行くのは難しいだろうな……通常の方法では。

僕は毎月神様からもらえる経験値が倍々に増えていくので、このままいけばとんでもないことになる。前人未到の領域に辿り着くかも？

ただ、もらえる経験値には上限があるかもしれないので、そのときになってみないと分からない。いくら神様でも、無限に経験値を与えるのは無理そうだもんね。

ひょっとしたら毎月１００万が限界、なんてオチかもしれないけど、それでも充分凄い。まあ今後が楽しみだ。

あと、成長には年齢的な衰《おとろ》えもあるので、無限にレベルが上がっていくわけじゃない。高齢になって能力が維持できなくなると、レベルも徐々に下がっていく。

衰えには個人差があるけど、とりあえず、僕らが心配するのはまだまだ当分先のことだ。

4．超絶美少女王女様登場

二年生に上がって二ヶ月目。

相変わらず女神様の超レアスキルは取れないが、今月神様からもらった経験値は１万６０００を超えた。これは結構大きい。

来月は3万を超える経験値がもらえる。順調なら、さらにどんどん増えていく。

よっしゃあっ、これからが僕の時代だぜ！　……なんちゃって。

さて、本日は大きなイベントがあった。

我がクラスに、なんと王女様が見学に来られたのだ。

対魔王軍戦力として噂になっている僕たちを、学校内に設置されている訓練場まで、わざわざ激励に来てくれたらしい。

王女様――フィーリア王女は僕らと同い年で、幼い頃からもちろん知っている。一方的にこちらが顔を見たことがあるってことだけど。

昔から綺麗な子だったけど、今や絶世の美少女に成長なされた。

背はリノより気持ち高いくらい――百五十八センチくらいで、透き通るような銀髪をふわりとしたボブカットにし、陶器のような華奢《きゃしゃ》で繊細そうな身体つきながらも、抜群のプロポーションをしている。

まさに美の女神。王女様としてこれ以上なく相応しいお方だ。

今までは遠くから眺めているだけの存在だったけど、その王女様が、今僕たちの目の前にいる。

僕だけじゃなくみんな緊張していて、手足がまともに動かないほどだ。

「魔王の復活が予見されている中、皆様のような特別な力を授かった方々が我が国に生まれてくださったのは、本当に心強く思います。可能な限り支援いたしますので、どうか皆様のお力で、この世界を救ってくださいませ」

王女様からもったいないお言葉を頂いて、僕たち生徒は恐縮する。てか、男子生徒はもう顔面とろけるようにデロデロ状態だ。今なら王女様のために命を捨てるヤツが出てもおかしくないな。

先生が王女様に、称号持ちの生徒たちを順番に紹介していく。

それが終わると、次は強スキル持ちの生徒を紹介する。王女様はそれらを、穏やかな笑顔を崩《くず》さずに頷きながら聞き続ける。

一通り紹介が終わると、王女様はキョトンとした表情をしながら僕に近付いてきた。

「この方はどのような称号をお持ちなのでしょうか？」

先生に紹介されなかった僕を不思議に思ったらしく、王女様は先生に質問をした。

「いや、この生徒は称号どころか、特にこれと言ったスキルもなく、レベルや戦闘技能も平凡以下で、紹介するような者でもありませんが……」

先生が困ったような顔をして王女様に答える。まあそれで正解だよね。僕が授かったスキルは、まるで役に立たないFランクスキルだと申告してあるし。

現状でも僕はまだレベル10で、スキルも『精密鑑定』と『女神の福音』しか持ってない。あまりに役立たずだから、みんなから経験値泥棒って言われているくらいだ。

それに関しては本当に申し訳なく思っている。

そんな僕に対して、なんで王女様は称号持ちだと思ったんだろう。

「この方は称号持ちではないのですか？　そんなはずは……」

王女様の様子がちょっとおかしい。どうも僕の力を感じ取っているような気がする。

僕の持つ『女神の福音』は、恐らく唯一のユニークスキルで、かなり特殊な部類だ。

何せ、毎月超が付くほどのレアスキルが選択に出てくる。王女様が何かを感じ取っても不思議じゃない。

王女様も僕たち同様、『神授の儀』で何かしらのスキルを授かっている。

特に王族は、通常とは違うユニークスキルを授かっていることが多い。他国には、最強クラスの力を持っている王様もいるくらいだ。

王女様がどんなスキルを持っているか分からないけど、みんなの前で僕の能力をバラされたらまずいかも……

「いえ、失礼いたしました。それでは皆様、お稽古《けいこ》頑張ってくださいませ」

王女様はそれ以上の追及はせず、見学を終えてお帰りになられた。

超絶美少女に間近まで接近されて、僕の心臓は爆発しそうでしたよ。まあ何事もなく終わって良かった。

◇◇◇

先日学校を訪問して以来、なんと王女様は度々授業を見学に来るようになった。

一応名目上は、対魔王軍戦力である僕たちを労《ねぎら》うためということらしいけど、しかし、何故か王女様は僕のいるクラスにしか来ないんだよね。

まあ『勇者』たちがいるから、当然なのかもしれないけど。

ただ、僕が目当てなのではないかと疑ってしまうくらい、僕のそばにいることが多いのだ。

メジェールも、王女様に対抗するように僕のところにやって来る。

さらに、リノもそわそわしながら僕の周りをうろつくことが多い。

幸か不幸か、美少女三人に囲まれているおかげで、僕はクラスの男子から完全に総スカンを食らってしまっている。

まあそのほうが気楽でいいけどね。


そして月日は流れて早三ヶ月……

今月は、神様から13万を超える経験値をもらった。先月、先々月分に加え、以前ストックしていた44万、それに戦闘授業で稼いだ分を合わせると、現在95万ほどの経験値を持っている。

ちなみに、レアスキルは未だに『精密鑑定』以外持ってない。

それまでに表示されたスキルは、『物理遮断』や『魔法遮断』、『幻影真術』などの激レアものばかり。

これらは全部Sランク以上のスキルで、取得に最低100万以上の経験値が必要だったから取れなかった。今月のスキルは『竜族使役』で、コレは取得に1000万必要なSSランクスキルだし。

そういえば、以前『詠唱破棄』という、魔法の詠唱をキャンセルできるスキルが出たことがあったんだけど、『精密鑑定』スキルで調べてみたら、これは『勇者』専用のユニークスキルだということが分かった。

つまり、僕は『勇者』のスキルも取得できるということ。恐らく、ほぼ全てのスキルが取得対象になっていると思う。

出てくるのはランダムなので自分で選べないのは残念だけど、伝説上のスキルも取得できる可能性もあるので、今後が楽しみだ。


翌月、神様から26万を超える経験値をもらう。

今までコツコツと経験値をケチってきたが、ここまで来ればだいぶ余裕が出てきた。

そして今月の女神様からのスキルは、『装備強化』というものだった。

このスキルが、経験値80万で取得できた。ようやく二つめのスキルだ。

『精密鑑定』で調べてみると、これは装備の能力をアップさせるSランクスキルで、たとえば『鋼の剣』にこのスキルを使うと、『鋼の剣＋1』というような状態になる。『＋』の数値が増えれば増えるほど、強化されていくという仕組みだ。

『＋1』程度では、さすがに劇的なまでに斬れ味が変わったりするわけじゃないけど、それでも装備全体をアップさせれば、充分な効果となってくる。

本来は鍛冶屋専用のスキルで、しかも所持者はほとんどいない大変希少なものらしい。

鍛冶が得意と言われるドワーフという種族でさえ、このスキルを自ら習得するのは相当難しく、『神授の儀』で授かる以外手に入れる方法はほぼないだろう。

世界でもこのスキルを持っている人は、果たして何人いることか……

このスキルの下位互換として『装備鍛錬』というCランクスキルがあるが、それは低確率で装備を強化できるもので、仮にレベル10まで育てても成功確率は20％程度。

成功すれば、『＋1～3』くらいの範囲で装備を強化できるらしいが、一度失敗した装備は二度と強化成功することはないとのこと。

今回僕がゲットした『装備強化』は、100％の確率で強化に成功するみたいなので、Sランクスキルに相応しい能力と言える。

そして強化範囲も、スキルレベルが上がれば『＋3』どころか、さらに大幅に強化することも可能だそうだ。

まだスキルのレベルが1だから、現状では『＋1』にしか強化できないけどね。

レベル2にするには経験値160万が必要になる。しばらくはレベルアップは保留かな。

このスキルを取り逃さないで良かった。

とりあえず、自分の装備一式を『＋1』に強化しておいた。ただ、スキルの使用には大量のＭＰを使うので、全部強化するのには数日かかったけどね。

◇◇◇

「本日は野外実戦訓練をしに、王都近隣の森へと行く」

という先生の宣言通り、今日僕たちのクラスは、近くの森へとモンスター狩りに行くことになった。

その森は歩いて二時間程度の場所にあって、王都近辺ということもあり、危険なモンスターなどは皆無だ。

要するに駆け出しの冒険者が行くようなところで、僕たちもすでに何度も行っているお馴染みの場所である。

ただし、いつもと違うのは、あのフィーリア王女様まで一緒に来ることだ。もちろん、護衛の騎士隊を引き連れてだけど。

ちなみに、騎士隊の隊長は、アイレ・ヴェーチェルさんというとても綺麗な女性が務めている。

本来はもう少し手強い魔物が棲息《せいそく》する場所に行く予定だったけど、王女様が同行するということで、急遽安全な場所に変更したらしい。

しかし、何故王女様ともあろう方が、生徒の訓練なんかに付き合ってくれるんだ？

危険はそれほどないとはいえ、王都から出るのは問題あるような気が……

「ユーリ、今日も一緒にチーム組もうね」

「ん？　ああいいよ」

リノの言葉に頷いておく。彼女とチームを組むのもすっかりお馴染みだ。

チームの組み分けは割と適当で、ある程度戦力が揃っていればそれでＯＫな感じだ。

通常の冒険者は四人で組むことが多いけど、僕たちはそれより多くて一チーム六～八人くらい。

そのおかげで、僕があまり戦闘に参加しなくても大丈夫なんだよね。

とはいえ、さすがにもう一年以上剣を振りまくっているため、消極的な僕でも『剣術』スキルはすでに出てきたし取得もしてある。

ほかにも『腕力』、『器用』、『敏捷』スキルを取得済みだ。スキルレベルはまだ1から上げていないけど。

『回避』や『耐久』、『異常耐性』スキルなども欲しいんだけど、安全を重視しすぎて攻撃を喰らうようなことをしてないから、残念ながらまだ出てきていない。

この手のスキルは、ある程度危険な状況を経験しないといけないんだよね。まあ冒険者になれば自然と経験することになるので、いずれ絶対に出てくるとは思うけど。

魔法も全然練習していないため、何も使えない状態だ。

できればあとで覚えたいところだけど、ただ物理攻撃系スキルを覚えると、魔法系スキルは出現しづらくなっちゃうんだよね。

なので、自力で覚えるのは難しそうだけど、女神様からもらえる可能性があるので、それに期待したいと思う。

「それでは、各自実戦形式で練習するように」

森に到着後、先生の指示によって僕たちはそれぞれ魔物狩りを開始する。

まあここに棲息するのはジャイアントスラグやホーンラビット、レイジマタンゴみたいな最弱モンスターばかりで、ゴブリンすらいないんだけどね。

今さらこんなモンスターを倒してもしょうがないんだけど、同行している王女様の安全のためには仕方のないことか。

……と、僕たちのチームが移動すると、王女様と護衛の騎士隊が付いてきた。

え、僕たちに同行するの？　メジェールたちの『勇者』チームじゃなくて？

チームメンバーの一人が、恐る恐る王女様に尋ねる。

「お、お、王女様、オレたちと一緒に来てくださるんですか？」

「はい。お邪魔かもしれませんが、是非戦っているところを拝見させてくださいませ」

「じゃ、邪魔だなんて、絶対そんなことはないです！　うおおおし、王女様、見ててくださいねー！」

チームメンバーの男子たちが、王女様にいいところを見せようとして大暴れしている。

この辺のモンスターならさすがの僕でも楽勝だけど、とりあえずボーッと見ている状態だ。今戦闘に参加すると、なんとなく男子たちに怒られそうだからね。

そんな縦横無尽にハリキっている男子を見ていたら、王女様が僕のそばにやってきた。

「あのう……ユーリ様は何故本気を出されないのですか？」

ぬおおおっ、王女様が僕の名前を覚えてくれているよ⁉

しかも『ユーリ様』だって！　さすがの僕もテンションが上がるなー。

……っと、それはそれとして、なんで王女様は僕が本気を出していないとか思っているんだ？

「何か僕に期待されているようですが、僕の実力はこの程度ですよ？　けっして本気を出してないわけでは……」

「そうですか？　んー……そんなはずないのですが……」

王女様は、右手の人差し指をピンクの唇に当てて考え込む。

やっぱり何か僕の力を感じているようだ。

今はまだ僕は弱いけど、時とともにとてつもない力を手にする可能性がある。それを見通しているのだろうか？

「あ、あの、王女様っ、何故いつもユーリのところにいらっしゃるのでしょう？」

リノが僕を押しのけるように王女様の前に割り込んだ。

「あら、ごめんなさい、ただ少し気になっているだけですのよ。でも、あなたもユーリ様のお近くにいつもいらっしゃるのね？　どうしてかしら？」

「レベルの低いユーリが怪我とかしないように、私が守っているんです」

それは初耳だ。

しかし、王女様はリノの名前は覚えてないみたいだな。何度か聞いているはずなのに。

「そうでしたの？　でもユーリ様にとってお邪魔になっているのではないかしら。もしユーリ様がご所望《しょもう》でしたら、王族の騎士を護衛に付けてもよろしくてよ」

「そ、そ、そんなのいりません！　ね、ユーリ？」

「え？　は、はい、護衛なんてとんでもないです、どうせ僕なんかただの役立たずですから」

「ユーリ様ってば、ご謙遜《けんそん》なさらなくても……」

「あーっ、ここにいたのね！」

けたたましい声とともに現れたのはメジェールだ。どうやら走り回っていたらしく、肩で息をしている。

そして彼女の後ろから、疲れ切った『剣聖』イザヤたちが顔を見せた。

メジェールのわがままに無理矢理付き合わされたって感じだな。

「アンタと王女様の姿が見えなかったから、いったいどこに行ったのかと思ったら、こんなところでイチャイチャして……！」

「い、い、イチャイチャなんかしてないって！」

メジェールってば、王女様に対してなんて失礼なこと言うんだ!?

「あら、えーっと……メェ……すみません、お名前を失念してしまいましたわ」

「王女様とは何度も会っているのに、『勇者』であるアタシの名前を覚えてないの？　メジェールよ、メジェール！」

「そうそう、メジェールさんでしたわね。『勇者』のあなたが、なんの御用でいらっしゃったのかしら？」

「逆にアタシが聞きたいわ。なんでいつも王女様はユーリのところに行くのよ!?」

「そんな、たまたまですわ。戦っていらっしゃるところを見学しに来ただけですので」

「戦いなら『剣聖』であるイザヤが凄い剣技を見せてくれるわよ。ほらイザヤ、王女様を連れてあっちに行って！」

「お気遣い無用ですわ、わたくしはユーリ様の戦っているお姿が見たいのです」

「やっぱりユーリが目的じゃないの！」

んーなんか大変なことになってきた。

それにしても、メジェールってば凄いな。王女様相手に、まったく物怖《ものお》じしないで会話できるんだから。

『勇者』だし、存在としては王女様よりも上なのか。難しい関係だ。

周りでは、王女様のために一生懸命戦っていた男子たちが、この騒動を見てすっかり白けちゃっている。

あとでまた彼らから色々と言われるんだろうな……王女様は、ただ僕の謎の能力に興味があるだけなんだろうに。

と、そんなことを考えているときに、それは突然起こった。

「いい加減にしろゴーグ！」

少し離れた場所から、ただならない殺気立った声が聞こえてきた。

みんな慌てて声のしたほうへと移動する。

駆けつけてみると、一人の男がゴーグと揉めていた。なんでも斬るという能力――『次元斬』のスキルを持つジュードだ。

揉めた理由は分からないが、あのゴーグのことだ、また我が物顔で何かしでかしたんだろう。

普段ならそんなゴーグに対し、誰も逆らうような真似はしないんだけど、ジュードは少し短気なところがあった。

『次元斬』というスキルの能力も高く、けっして上位称号持ちに引けを取るものではない。多少誇りにしている部分もあったのだろう。

しかし、ゴーグと揉めるのはまずい。よほどのことがない限りは、黙って我慢しておくのが最良だ。

つい口から出てしまったんだろうが……こうなってはもう遅い。

完全にゴーグは戦闘態勢に入ってしまった。

「ジュード……最近お前はちっといい気になっている気がしてたが、やはり気のせいじゃなかったな。このオレにたてつくとはなあ」

「ゴーグ、いつまでもお山の大将気分でいるのはよせよ！　オレたちはもう子供じゃない、強力なスキルを授かっているんだぜ。殺し合いがしたいのか？」

「殺し合い？　そんなことにはならねーな。オレが一方的にお前を殺すだけだからな」

ジュードの『次元斬』は強い。

どんなものでも切断する無敵の能力だ。ゴーグといえども、喰らえばただでは済まない。

お互いそれは分かっているはずだ。それでもやるのか⁉

「ジュード、かかってこいよ、遠慮はいらねえ」

「ゴ……ゴーグ、腕を斬り落とされたいのか？　オレの能力は手加減できないぞ」

「腕なんて言わず、本気でオレを殺しに来いよ。オレが死んだら事故にすればいい。でないと、オレがお前を殺すぜ？」

「い、いいんだな？　後悔しても知らないぞ」

「まったく問題ねえ。おい見ているヤツら、オレが死んでもジュードを庇ってやっていいぜ」

ゴーグが言うまでもなく、この状況ならみんなジュードの味方をするだろう。

クラスメイトたちの顔色を見て、ジュードも覚悟を決めたようだ。

「なら恨むなよ、ゴーグ！」

ジュードによって戦いの火蓋《ひぶた》が切られる。

この二人が本気で戦ってしまっては、もう誰も止められない！

ジュードの『次元斬』はまだ成長途中とはいえ、防ぐ方法のない必殺能力だ。右手から発動する見えない剣で、全てを空間ごと斬り裂く。

その不可視の刃がゴーグを襲うが、信じられないことに、ゴーグはそれを全て軽々と躱《かわ》している。

なんていう戦闘センスなんだ！

これはもう『次元斬』がどうとかのレベルじゃなく、完全に格が違う。

ゴーグの強さは持って生まれたもので、スキルではどうにもならない天性の領域だ。

「このっ、このうっ！」

「クックックッ、大したことねーな。そらぁっ！」

「あがあっ」

難なくジュードに近付いたゴーグは、パンチ一発でジュードを吹き飛ばした。

そのまま背後の木に激しく身体を打ち付け、ジュードは意識朦朧《もうろう》となっている。

「自分の立場ってのが分かったか！　オレの恐ろしさを叩き込んでやる」

ゴーグは完全に戦意喪失しているジュードを殴り続ける。そのあまりの光景に、周りの生徒たちも身体がすくんで動けないようだ。

まずいぞ、このままじゃジュードが死んでしまう……


「もうよせゴーグ！」


しまった！　いつの間にか、また僕は叫んでしまっていた！

王女様の前でいいカッコしようとかじゃない、無意識のうちに言葉が出たんだ！

いったいどうしちゃったんだ僕は？　こんな揉め事に首を突っ込むことなんてなかったのに⁉

「ユーリ、またお前か。どうもお前はオレをナメているようだな？　次は容赦しねえと言ったはずだぜ？」

「ユーリ、逃げてっ！」

「ユーリ様⁉」

「大丈夫、リノも王女様もここにいてください」

そう言って、心配の声を上げる二人を落ち着かせる。

頭に血が上ったゴーグは何をするか分からない。

もし王女様の護衛騎士と揉めれば、さらに収拾がつかなくなるだろう。

僕はゆっくりとゴーグに近付いていく。

「最弱の経験値泥棒のクセに、お前は誰にもへつらわねえ。その余裕ぶった態度がずっと気に入らなかったところだ。まあこの大勢の前で、地べたに頭擦りつけて土下座したら赦《ゆる》してやってもいいぜ」

「……いやだ！」

何故だろう、凄く怖いのに、ゴーグに屈したくない。

「そうか……思えば、最初から何故かお前が気にくわなかった。理由はオレ自身にも分からねえ。いい機会だ、お前を潰しておくか」

そう言うと、ゴーグは間合いに入った僕の首を片手で掴んで持ち上げた。

そのまま首の骨を折るかのように締め上げてくる。

「おぐっ、がっ、がはっ」

「どうだ、地べたに頭を擦《こす》りつける気になったか？」

「ぜ、絶対イヤだ！」

「かっ、強情なヤツだぜ。んじゃあこのまま殺しちまうか。こうなったらオレも意地だ、お前が屈しないならオレもあとには引けねえ」

ゴーグの指がさらに僕の首に食い込み、僕の呼吸を妨害する。

苦しい……意識が朦朧としてきた。このままでは本当に殺される。

僕は……まだ死ねない。

死ぬわけにはいかない。


何故……？　僕は一度死んでいるのに。

なんで死ぬわけにはいかないんだ？

……そう、僕には使命があるからだ……！


ゴーグ《こいつ》を殺してでも絶対に生きる！


「ぬおっ、お、お前……!?」

僕の身体の中で何かが弾《はじ》ける。

今ならゴーグを……


「そこまでよ！　ゴーグ、手を離しなさい。さもないと、アタシたちにも考えがあるわ。本気よ！」

誰の声？　……メジェールだ。

ふと気付くと、すぐ横でメジェールたち『勇者』チームが戦闘態勢を取っていた。

いつの間にか、僕の首からゴーグの指が離れている。

よく思い出せないけど、なんとなく声がかかるその一瞬前に、すでにゴーグの指は弛《ゆる》んでいたような……

「ふん、『勇者』らにガン首揃えられたんじゃしょうがねえな。今回だけはこの辺で勘弁してやるぜ」

不自然なくらい、ゴーグが素直に従った。

らしくもないな、ゴーグなら『勇者』チームと殺し合うことすら喜んでやりそうだが……？

「おいユーリ、そしてジュード、悔しかったらいつでもオレに仕返しに来ていいぜ。不意打ちでもなんでも構わねえ。そのかわり、必ず返り討ちにして殺すけどな」

そう言いながら、ゴーグは強烈な殺気を放つ。

ケンカとはまるで次元が違う、本物の死の気配だ。仕返しをしようとすれば、コイツは本気で殺しに来るだろう。

ジュードもすっかり怯えてしまっている。

そのままゴーグは去っていった。

またしても僕は自分を押さえ切れず、つい感情を爆発させて危険な目に遭ってしまった。

メジェールに救われなかったら、本当に僕は死んでいたかもしれないところだ。

『勇者』チームがすぐにゴーグを止めなかったのは、場合によっては事態が悪化することを恐れたんだろう。

たまたま素直に従ってくれたけど、ゴーグと『勇者』チームが激突しても不思議ではなかった。

そうなったら、現状の力関係が不明なだけに、もはやどうなっていたか分からない。

だから、慎重に成り行きを見てから行動したんだと思う。

なんにせよ、メジェールには命を救われた。リノも王女様も、僕の無事を見てホッとしているようだ。

いろんな人に心配をかけちゃって申し訳ないことしたな。本当に気を付けよう。

その後、僕たちは王都への帰路に就いた。

5. 開花し始める力

月日は流れ、学校生活もあと一ヶ月となった。

クラスメイトたちの成長も著《いちじる》しく、多くの生徒がレベル40を超えている。

冒険者全体の平均レベルが40そこそこくらいなので、たった二年でこれは凄い成長速度だ。みんなで協力して手強いモンスターと戦い続けてきた成果である。

スキルも色々と習得しており、それぞれ個性豊かな特徴を身に付けたようだ。

学校という制限された中ですらこの成長ぶりだから、卒業後冒険者として活動し始めたら、さらに成長速度は加速するだろう。

それに現在レベル40程度とはいえ、強力なスキルを持っている生徒なら、その実力は通常のレベル40を遥かに超える。恐らく、Aランク冒険者くらいの戦闘力は充分あるはず。

いつ復活するか分からない魔王に対抗するには、それくらい規格外の成長力が必要だということだ。

ちなみに、『勇者』のメジェールはレベル60に近いらしく、そして経験値十倍のゴーグはレベル80を超えたらしい。もちろん、『剣聖』のイザヤたちなども、かなり成長しているという話だ。

最強世代最上位の彼らの実力は、すでにSランク冒険者を超えているだろうな。

そして僕はと言えば、今月神様からもらった経験値が、なんと１６００万を超えた。

もらえる経験値には上限があるかと思ったけど、少なくとも１０００万以上は可能らしい。

まさか1億以上もホントにもらえちゃうのかな？　毎月1億以上もらえたら、大変なことになっちゃうよ？

高等学校の二年間で神様からもらった経験値は、合計３３００万を超える量だ。

みんなには申し訳ないが、実は約１０００万の経験値を使用して、もう僕のレベルは80になっている。

追加であと１０００万を使えばレベル１００まで上げることも可能だったけど、それよりもスキルレベルを重視した。

『剣術』などのスキルレベルを大きく上げたんだよね。

僕は『剣術』と『敏捷』をレベル10まで上げたので、計２０００万の経験値を使った。

魔法やスキルのレベルは、一つ違うとその能力も全然違ってくる。自身のベースレベルよりも、スキルのレベルのほうが重要かもしれないほどだ。

もちろん、ベースレベルが低いと全体的な能力も低くなるので、バランスの調整が必要となってくるが。

自身のレベルを80にするのに使った経験値と、『剣術』と『敏捷』スキルをレベル10にするのに使った経験値、合わせて使用したのは約３０００万。

余った経験値で、ほかの『腕力』や『器用』などのスキルをそれなりに上げておいた。

ちなみに、『剣術』などの戦闘スキルを上げると、技を覚えることがある。

『三連斬』とか『衝撃波《ソニックブーム》』などのことなんだけど、これは経験値を消費せずとも習得できる。『剣術』レベルを上げれば、勝手に覚えてくれるということだ。

これは魔法系のスキルも同様で、たとえば『属性魔法』のレベルを上げると、自然に上位の魔法も覚えていく。

今回こんなに自分を強化したのは、ここまで来れば毎月凄い量の経験値がもらえるので、必要以上に節約しなくても良くなったからである。

ある程度は経験値をストックしておかないと女神様のスキルの取り逃しが痛いけど、万が一のことも考えて、自分の強化をしっかりしておこうと思ったのだ。

あ、最近出てきた女神様からのスキルは、『空間魔法』とか『物質生成』なんていうSSSランクばかりで、取得に経験値1億が必要だったので全然無理でした。

ということで、未だに『精密鑑定』と『装備強化』しか女神様のスキルは持ってないけど、今後経験値収入は莫大《ばくだい》に増えていくので、スキルゲットはこのあと本格的にやっていこう。

◇◇◇

そろそろ卒業も間近というところで、クラス全員で大型モンスターの討伐遠征に行くことになった。

学校生活の最後の締めくくりとして、全員参加で手強いモンスターを倒そうというわけである。

とはいっても、それはそれ、そんなに無茶なモンスターは選ばない。討伐するのは、ハンマーテールという中ランクモンスターだ。

トカゲ型の四足獣で、大きさこそ尻尾を含めて十五メートル以上あるが、攻撃はハンマーのような塊が付いた長い尻尾を振り回すだけで、大した強さじゃない。

なんならゴーグ一人でも充分なくらいだ。それでも大型モンスターの一種ではあるので、油断は禁物だが。

とりあえず、全員で大型モンスターとの戦闘を経験しようという企画である。

ただ、今回のこの遠征に、なんとまたしてもフィーリア王女が付いてくることになった。

今回は少々危険なところもあるので、学校側も護衛騎士団も止めたそうだが、王女様が聞かなかったらしい。そんなに面白そうな遠征なのかね？

何が目的で来たかったのか不思議だったけど、当該地区への移動中にその理由が分かった。

王女様ってば、ずっと僕のそばに付いて歩いているよ……

まさか僕に会うために、危険を冒《おか》してまで参加したってこと？

「うふふ、何かピクニックのようですわね。そう思いませんか、ユーリ様」

いや、今からそこそこ強いモンスター討伐ですから。

王女様ってば、なんでそんな浮かれちゃっているんですか？

それとは反対に、僕を見る男子の目はブリザードのように冷たい。

「王女様、何故ユーリとばかりそんなに仲良くされるのですか？」

僕の横にいるリノが、少しトゲを含んだような言い方で王女様に話しかける。

「あら、わたくしはこの世界の救世主たるお方とお話ししたいだけですよ」

「救世主なら、『勇者』であるメジェールさんとお話ししたほうがいいのでは？」

「おっと、何かアタシのこと呼んだ？」

少し遠巻きに歩いていたメジェールまでこっちに来た。

またしても美少女三人が揃っちゃったけど、なんか妙な緊張感があるな。

気のせいか、とっても息苦しいんですけど？

「リノさんと仰《おっしゃ》いましたっけ？　毎回毎回ユーリ様と一緒におりますが、いったいどんなご関係なのですか？　お付き合いされているようには見えませんが……」

「あら、王女様ってばユーリは様付けなのに、私はさん付けなのね。私はユーリの昔からの幼馴染みですけど？　誰よりも仲がいいんですけど！」

んー？

リノとはずっと学校が一緒だけど、そこまで力説するほどの関係でもないけどなあ。

まあとりあえず一番仲がいいことは認めるけど。

「あれ～？　でもリノって、学校以外ではユーリと会ったことないんでしょ？　幼馴染みじゃなくて、付き合いが長いだけの学友なんじゃないの？」

メジェールがすかさずリノに突っ込む。

これまたトゲを感じる微妙な距離感の言葉だ。

確かに僕とリノの関係は、厳密にいえば幼馴染みとは微妙に違うかもしれない。

「そういうメジェールさんも、ユーリ様と仲良くされているところをよくお見かけするのですが、何故ですか？」

「アタシはユーリに、どこか運命を感じちゃってるんだよねー。そばにいると安心するっていうかさ、よく分かんないけど」

メジェールのその感覚は、やはり僕が『勇者』の命を救う役目だったからだよな。僕の授かった『生命譲渡《サクリファイス》』のスキルは、そのためのものだったし。

すでに使ってしまったことによって、運命の歯車は動き始めているはずだ。

いいほうに動いてくれてればいいんだけど……

「あら、ではメジェールさんは、ユーリ様に恋をしてらっしゃるのかしら？」

「かもねー。だとしたらどうする王女様？」

「うふふ、わたくしは別に、救世主様のお手伝いをするだけですから」

「救世主ってアタシのことだと思うんだけど？　アタシの手伝いをしてくれるってことなんだよね？」

「そうかもしれませんわねーうふふふ」

「あははは」

うーん、なんだろう……気のせいか、王女様からどす黒いオーラを感じるような……

そんなわきゃないか。

見えない火花が飛び散っているような気もするけど、僕の勘違いだろう。

三人の美少女は僕をよそににこやかに会話をしながら歩き、やがて目的地に到着した。

先生の号令で、モンスター討伐が開始される。

「では討伐作業を始める。対象はハンマーテールだが、それ以外のモンスターと遭遇しても、もちろん討伐して良し。危険に充分注意し、各自チームで行動するように」

ここは少し山を登った森で、様々なモンスターが棲息している。が、大して強くもない種類ばかりで、手強いのはせいぜいダイアウルフとかアーマーベアー程度。

ところどころ森の開けた場所に、ハンマーテールが極少数棲息しているような感じだ。

適当に探索していれば、まあ一頭くらいは出会えるはずで、僕らは警戒しながらそれらしい場所を探し続ける。

途中オーガなどにも遭遇したが、僕らのクラスなら誰が戦っても楽勝な相手だ。

僕は一応クラスのお荷物的存在なんで、余計なことはせず、大人しくただ付いて回っているだけにしている。あんまり目立ちたくないからね。

学校生活が終われば、もう黙ってても毎月経験値ガッポガポだから、悠々自適に生きていけるはず……魔王のことは『勇者』たちに任せるし。

我ながらダメ人間だな。まあ拾った命だし、好きに生きさせてもらおう。

先行していたチームが首尾良くハンマーテールを発見できたので、クラスメイトが集まって戦闘開始。

ハンマーテールには申し訳ないけど、なんか技の実験台になっていたよね。

なまじ大型モンスターだけに、必殺技を決めるのが爽快らしく、みんな使ってみたかった技をぶつけていた。

あっという間に無事討伐は終了し、あとは適当に出会うモンスターを倒しつつ、みんなで帰路につこうとすると……

聞いたことないような咆哮《ほうこう》が、上空から地上まで響いてきた。

見上げてみると、そこにいたのは竜族の一種――飛竜ワイバーンだった！

両翼を拡げた大きさは二十メートルを超え、モンスターとしてはかなり上位ランクとなる強さだ。

ドラゴンのような強烈なブレスや竜語魔法は持ってないけど、凄まじいスピードで上空から攻撃してくる手強いヤツだ。Sランク冒険者以上じゃないと、討伐するのは相当難しいと思う。

が、しかし、こっちには対魔王軍戦力の称号持ちが何人もいる。

まだまだ成長途上とはいえ、ワイバーン程度なら彼らの敵じゃないだろう。

早速『飛翔《フライ》』のスキルを発動して、メジェールやイザヤたちが上空へ飛び上がってワイバーンを追っていく。さすがだな。

ちなみに、ゴーグは特に何もしないようだ。

『飛翔《フライ》』を持ってないのか、それともこんな戦闘に興味がないのか、地上に残って高みの見物である。地上で高みの見物というのもなんか変だけど。

まあ僕も『飛翔《フライ》』は持っていないんだけどね。

上空でワイバーンと『勇者』チームの激しい戦いが行われる。

初めてメジェールたちの本気の戦闘を見たけど、やっぱ凄いな。

彼らはまだ決して高いレベルとは言えないのに、普通は習得できなそうな強スキルで、ワイバーンを一方的に追い詰めている。

地上からそれを眺めている周りのみんなは、その凄さに思わず感嘆の声を漏らした。

たった二年で、メジェールたちはSランクの戦闘力……いや、すでにSSランクに近いかもしれない。

地上で眺めている生徒の中にも、彼らに引けを取らないほど強い人はいるんだろうけどね。

特にゴーグは、ベースレベルはSSランクにも匹敵し、現時点ではメジェールたち以上の力を持っているだろう。

ただ、メジェールたちは強力な固有スキル持ちなだけに、単純な力の比較はできないところだが。

ほどなくワイバーンは力尽きて、地上へと落下した……のだが、ここで想定外のハプニングが。

キリモミしながら落下するワイバーンの先に、王女様とその護衛騎士一行がいたのだ。

高速落下するワイバーンは、王女様に直撃コースだ。その巨体ゆえに、護衛騎士たちも王女様を守り切るのは難しいと思える。

比較的近くにいた僕は、王女様を救うために猛スピードで疾走し、低空まで迫ってきたワイバーン目掛けてジャンプする。

『敏捷』レベル10を持つ僕の本気突進だ。最強世代とはいえ、まだまだクラスメイトたちのスキルは育っていない。僕のことを目で追えた生徒は、多分いないだろう。

そのままワイバーンを、『剣術』レベル9で覚えた必殺技『千塵破斬《せんじんはざん》』で木っ端微塵《こっぱみじん》にした。

ちなみに、高速移動には『縮地』というスキルもあるけど、これは素早い動きの『敏捷』とは違って、移動距離自体を縮めるスキルだ。

猛スピードで移動するのではなく、距離を短縮させて進む。地面を低空ジャンプするようなイメージだ。なので、目で追えないということはない。

ワイバーンが王女様たちに激突する寸前、突然空中で爆発したみたいな感じになったため、生徒たちみんなは騒然となった。

それに乗じて、僕はこっそりと身を隠す。

どうやらみんなは、『勇者』たちの必殺技の効果でワイバーンが砕け散ったと思っているようだ。

結果オーライ。

僕の力を隠したまま、丸く収めることができた。

ワイバーンの脅威が去り、今度こそ帰還することに。

帰り際、またメジェールが僕のところに近付いてきて、小声で耳打ちしてきた。

「アンタいったい何者？　さっきのワイバーンをやったのユーリでしょ？」

なにっ、上空からとはいえ、僕のアレが見えていたのか？

仮に何かが見えたとしても、黒い影が飛び出してきた程度にしか認識できないはずで、アレが僕だと分かるはずないんだが？

「『勇者』をナメないでよね。アタシには『思考加速《スロービジョン》』っていう、現象がゆっくりに見えるスキルがあるんだから。アンタがとんでもない速さでワイバーンを斬り刻んだのが見えてたよ」

ぐぬっ、さすが『勇者』。

そんな凄いユニークスキルを持っていたとは……

「アンタひょっとして、『勇者』のアタシよりも強いでしょ？　アタシがアンタを気になる理由がようやく分かったわ。アンタこそ本当の勇者ってワケね」

「いや、それは違う。『勇者』はメジェールで間違いない。今回のはたまただって……」

「ふうん……まあいいわ。このことは秘密にしておいてあげる。しっかし、イケメンでもないアンタのことがなんで気になるのか不思議だったけど、こういうことだったのねー」

「あぁーその、えっと……」

「クスッ、まあアンタの顔、アタシ大好きだけどね」

「えっ？　そ……なっ、ええっ⁉」

メジェールはド直球で来るから、ときどきビックリさせられる。

メジェールが僕を気にするのは、元々僕には『勇者』を救う重要な役目があったからだと思う。

今はもうそれを実行することはできないけど、でも運命というヤツが、まだまだ僕と『勇者』を繋げているのかもしれない。

第二章　無双の準備

1．冒険者活動開始

学校最後のイベントを終え、先月僕たちは無事に高等学校を卒業した。

僕たち世代は今月から社会に出る。僕のクラスは特に優秀な人が揃っていたので、クラスメイトのほとんどが冒険者の道に進むようだ。

エーアスト王都にはあちこちに冒険者ギルドがあるので、各々活動しやすい場所のギルドに所属したらしい。

冒険者ギルド自体は全世界共通の組織であるため、どこに所属しても登録情報は一括管理されているが、個々のギルドにそれぞれ特色があったりして、色々とメリットデメリットがあるようだ。

パーティーについては、通常はギルドにいる先輩チームに入れてもらうことが多いが、僕らの世代はちょっと特別な存在だから、同級生同士で組む人が多かった。

新人ながらも、すでに並みの冒険者よりもずっと強いため、そのほうがトラブルも起こりづらいだろう。僕らは待遇も少し違ったりするので、それに対してやっかみもあるだろうしね。

もちろん、授かったスキルがあまり優秀じゃない人は、無理せずギルドの先輩パーティーに入れてもらったりしたようだが。

僕はといえば、みんなとはあまり会いたくなかったから、街外れにあるしょぼいギルドを選んだ。こっそり探して決めたし、誰にもバレてないだろう。

実はメジェールが僕とパーティーを組みたがっていたのだが、『勇者』であるメジェールにそんな自由はなく、予定通り『剣聖』のイザヤたちとパーティーを組んで、王国主導で色々活動をしていくみたいだ。

そしてならず者ゴーグは、やはりというか素行の悪いヤツらと組んで、どこかへと行ってしまった。

とりあえず僕は実家を出て、これからは一人暮らしをしていくことになる。

まあそのほうが気楽でいいんだけどね。グータラ生活したかったたし。何せ、寝ているだけでも毎月凄い経験値がもらえるからね。

なので、冒険者活動を頑張る必要は全然ないんだけど、ただ様々なスキルを覚えていくには、色々と戦闘経験をしなくちゃいけない。

今のままでは、たとえベースレベルが上がっても、基礎スキルすらロクに持たないままだ。

『回避』『体術』『耐久』などは、上位冒険者になるには必須スキルだし、『異常耐性』スキルも習得しないと、いくらレベルが高くても即死攻撃とかで一発終了も有り得る。

ほかにも『気配感知』や『飛翔《フライ》』やら色々スキルは必要だ。

とにかく、僕は経験値で苦労することはないから、適当に戦闘をこなしてスキル習得を狙っていきたいと思う。

自堕落すぎても良くないし、コツコツと活動はしていくつもりだ。


ちなみに、今月神様からもらった経験値は3300万を超えた。そのうちの1000万を使って、自身のレベルを100にした。

もう少し上げることもできたけど、まあ100だとキリがいいし、経験値の無駄遣いもしたくなかったしね。今はレベル100で充分だ。

そして、今月の女神様からのスキルが、『魔道具作製』というSSランクスキルだった。

取得に経験値1000万必要だったけど、もちろん取ったよ。

このスキルは大変貴重で、ポーションを作ったりする『調合』や、希少金属を作る『錬金』などとはランクがまるで違う。

通常は『神授の儀』で授かるしか手に入れることのできない超レアスキルで、とんでもない便利アイテムが作れたりするんだ。

ここ最近じゃ持っている人なんて聞いたことないし、ひょっとしたら、絶滅寸前の伝説級スキルかもしれない。

取得に経験値1000万もかかったから、レベルを上げるのも大変だけど、僕ならそれほど難しくない。毎月もらえる経験値の限界がいくつかは分からないが、恐らく1億はもらえそうだし、将来的にレベル5くらいまでは上げられるはず。

レベル5の『魔道具作製』スキルなんて、きっと過去にも到達した人はいないぞ。

戦闘系のスキルなら、ガンガン戦って経験値を稼げるから、スキルアップにも苦労しないんだけど、この手のスキル――職人系スキルは育てるのが難しいんだよね。

一応、職人系のスキルは、スキルを使用するごとに経験値が入る。

『料理』や『建築』、『鑑定』、『鍛冶』などのスキルがそれに該当し、その経験値でスキルを育てることはできるんだけど、獲得できる量が少ないんだよね。使い続けることによって、もらえる経験値も増えてはいくんだけど。

まあ『料理』とかはスキルのランクが低いから、少ない経験値でもそこそこ高いレベルに育てられるけど、『魔道具作製』はSSランクスキルなので、まともにやっていたら大きく育てることなんて絶対無理。

職人系スキルで冒険者するのもキツイしねえ……

なので、通常はなかなか育てるのが難しく、過去の『魔道具作製』所持者も、恐らくレベル3くらいが限度だったと思う。

それでもめちゃくちゃ凄いんだけどね。

僕はそれ以上に育てることができると思うから、今後どんな魔道具が作れるようになるのか楽しみだ。

とりあえず、早速何か作ってみようと思って、作成可能リストを確認してみたら、アイテムボックスが作れるようだった。これは異空間にスペースを作って、そこにいろんな物を収納できる便利アイテムだ。

通常は『空間魔法』という超高度な魔法と、特殊技術を駆使してなんとか製作する物で、よほどの上位冒険者でもないとなかなか手に入れることはできない。

特に『空間魔法』は使い手がほとんど存在せず、そして使用できてもせいぜいレベル2程度。その人が大量の魔力を消費して、さらに何度も失敗をくり返しながら、ようやくアイテムボックスが作られるのだ。

だけど『魔道具作製』スキルなら、『空間魔法』なしでもそのアイテムボックスが作れる。試しに作ってみたら、一辺が一メートルくらいの立方体型収納スペースができた。

まだレベル1なんだしこんなものかな。この程度のアイテムボックスでも、買うとなると金貨百枚は必要になるからね。僕の部屋の二年分の家賃だ。

このスキルさえあれば、いざとなったときにいくらでもお金が稼げるな。って、毎月大量の経験値とレアスキルをもらっているのに、考え方がせこすぎるか。

もっと大きいことを考えよう。世界征服とか！　……うそだけどね。

活動開始早々にいいスキルが手に入って、僕は浮かれ気分でギルドへと初仕事に向かった。

◇◇◇

さぁて、今日から僕も冒険者だぜ～と思ってギルドに行ったら、入り口の前で見知った顔と出会った。

「おはようユーリ。今日から冒険者だね、一緒に頑張ろう！」

なんと、リノだった。

みんなと冒険者活動が被らないように、わざわざこんな街外れにあるギルドを選んだのに、リノもこんな寂れたギルドを選んだのか。

もしかして僕がここを選んだことを知っていたのかな？

しかし、このことは両親にも伝えてないんだよね。というか、選んだギルドどころか住んでいる部屋すら教えてない。

もちろん、両親にはしつこく聞かれたけど、しばらくは誰にも居場所を知られたくなかったんだ。

クラスメイトとはあまり良好な関係とは言えないし、ゴーグと揉めたこともあった。

一年も経てば、大量の経験値によって僕は相当強くなれるので、そのときまで何かに巻き込まれることなく平穏に過ごしたい。

だから、こっそりと月日が過ぎるのを待とうと思ったんだ。

リノはいったいどうしてここが分かったんだろ？　それとも、偶然なんだろうか？

「ねえ、私と一緒にパーティー組もうよ。前に約束したでしょ？」

「え？　ま、まあ別にいいけど……」

うーん、一人で活動しようと思っていたんだけど、断る理由も特にないし、リノならいいかと思って承諾してしまった。

気を遣わずに済む相手だしな。

「やったね！　これで私の一歩リード！」

小声でリノがなんか言ったような気がするが、気にしないでギルドの入り口をくぐる。

想定していた通りというか、中は想像以上に殺伐とした雰囲気だった。

なんていうか、冒険者じゃなくて犯罪者のような雰囲気を携えたお方がいっぱいいらっしゃいますね。あんまりいい噂も聞かなかったし、ここなら誰も選ばないだろうと予想した通りのギルドだけど、ちょびっと後悔している。

まあクラスメイトと一緒になるよりはマシなのかなあ。あんまり僕の能力はバレたくないしね。

とりあえず、冒険者登録をするために窓口に行く。

ウェーブのかかった茶色い髪を後ろでひとまとめにした受付のお姉さん——パルレ・ロクアースという名札を付けた女性に、登録手続きの仕方を教えてもらい、それに従ってギルドカードを作った。

血を一滴カードに吸収させることで、僕のステータスとリンクすることができ、今後の個人情報を全て記録していってくれるのだ。

ギルドカードには僕の全情報が入っているので、世界のどこに行っても身分証明書として使える。レベルも当然情報として入っているけど、ギルドカードを見ただけでは、僕のレベルが今100ということは分からないようになっている。ステータスは重要な情報だから、一見して分かるようでは困るからね。

なので、受付のパルレ・ロクアースさんにも、僕のステータスは知られていない。カードを特殊な検査機にかざすことで、詳細が分かるみたいだ。

まあ、基本はステータス確認まではしないので、よほどのことがない限りは、レベルなどがバレることはない。

学校にいたときも、能力のことは自己申告だったから、実はウソを言っていた生徒もいたかもしれない。

実際、僕はウソのステータスを申告していたしね。スキルや魔法も、場合によっては活動の生命線になるので、重要な能力を秘密にする人は多い。

ただ、本人の冒険者階級が上がるとギルドカードの色も変わるので、個人ランクだけはカードを一見しただけで確認できるけど。

ちなみに、冒険者は最初Fランクから始まり、依頼をこなす——成績を上げていくことによって冒険者のランクもアップしていく。

当然、僕もリノも最初はFランクスタートだ。『勇者』メジェールたちもFランクからスタートしているはずだが、彼らはあっという間に上がっていくだろうね。

階級はF〜SSSまであり、最上級SSSランクは世界にも二十人弱しか存在しないという。

我が国エーアストには、どうやらSSSランク冒険者はいないみたいだけどね。

まあ冒険者は国家所属ではないので、目的次第で活動場所を他国へと変える。なので、エーアストにSSSランクが来ることもあるだろう。

そういや、SSSランクにもゴーグみたいなならず者がいて、冒険者を辞めてどこかで暴れているって噂を聞いたことあるけど、本当だったら怖いな……

僕もリノも無事登録を終えて、早速何か依頼を受けようかと掲示板で探しているところに、新米冒険者への洗礼が来た。

要するに、素行不良の先輩冒険者に絡まれるということだ。この場末のギルドに限らず、割とどこでもありがちな恒例行事らしいけどね。

僕のような大人しそうな外見の新人が特に狙われやすいとのこと。なので、一応覚悟はしてました。

「おい、ここはお前らのようなガキが来る場所じゃねえんだぜ。迷惑料払って、別のギルドに行きな」

うわ、想定以上のお方が……場末のギルドに相応しいドチンピラ様がいらっしゃいました。

こういう人ってホント分かりやすい行動するよね。迷惑料ってよく分からないけど、要するにお金を置いて消えろってことかな。

どう対処しようか迷っていると、ドチンピラな方々がどんどん集まってきちゃって、僕とリノはすっかり囲まれてしまった。

総勢七人。

彼らの能力を『精密鑑定』スキルで鑑定——つまり解析してみると、だいたいベースレベル30後半くらいだった。

所持スキルもあまり育ってないし、その程度の強さでこんな脅しをかけてくるのか……

冒険者階級も、せいぜいCランクってところでしょ？　クラスメイトなら誰でも楽勝なレベルだな。

まあ通常の新米冒険者って、大抵レベル10にもなってないもんね。学校で訓練されたかなり優秀な生徒でも、例年ならレベル20ってところだろうし。

僕ら世代が特別すぎるんだよね。

並みの冒険者は、十年でだいたいD～Cランク程度まで階級を上げ、最終的にBランクまでいければ、なかなか才能がある部類だと言える。

Aランクまでいける冒険者はかなり希《まれ》だ。なので、絡んできたチンピラさんたちは、まあ平凡な部類の冒険者である。

ちなみに、何故ここまで解析できるかというと、『精密鑑定』スキルのレベルを6まで上げたからだ。経験値200万近く使ってね。

普通の鑑定スキルは対象がほぼアイテムのみなんだけど、『精密鑑定』スキルは様々なものを鑑定対象にできる。さすが女神様からもらったAランクスキルだ。

レベル10まで上げれば、さらに詳しくチンピラさんたちの能力が分かると思うけど、今のスキルレベルではベースレベルとスキルなどが少々見える程度。

現状はそれで充分だけどね。

大変重宝するスキルなので、また神様から経験値をもらったら、近々レベル10まで上げたいと思っている。

さて、このチンピラさんたちはどうしようか……

「おい聞いてんのか？　金置いて出てけって言っているんだぜ」

「なんならそのお嬢ちゃんも置いていってくれていいぜ」

「お前にはもったいないスゲー美少女じゃねーか。オレたちが可愛がってやるよ」

男たちがさらに凄んでタカリを仕掛けてくる。

こっちが大人しくしていると、リノにまでちょっかいをかけ始めた。

「ねえねえ、私のこと凄い美少女だって！　私たちカップルって思われているかもよ、ユーリってばどうする？」

なんでか知らないけど、リノのテンションが上がってるな。

割と面倒くさい絡まれ方しているんだけど、このお嬢さんてば気付きませんか？　まあ実際、リノは学校で一、二を争う美少女と言ってもおかしくなかったけどさ。

それにしてもこのチンピラたち、僕ら世代のこと全然知らないのかな？

「あのう……僕たちは対魔王軍戦力と噂されている世代なんですけど、聞いてませんか？」

僕たち世代の強さはかなり噂になっているはずで、こんな場末のギルドでも、それなりに情報は知られていると思ったんだけど……？

「なぁにが対魔王軍戦力だ。お前らのようなガキにそんな力あるわけないだろうが」

「バカな妄想喋ってねえで、早く金出しな」

あ、噂を全然信じてませんでしたか、そうですか。

なら仕方ない。こういうことは最初が肝心だから、僕の力を思い知っていただきましょう。

「分かりました。皆さんに僕の力をお見せいたしますので、表に出てください」

ギルドのチンピラさんたちにケンカを売られたから、素直に買うことにする。

今後いちいち面倒事に巻き込まれないためにも、彼らには力関係を知っておいてもらったほうがいい。

「なんだ？　まさかオレたちとケンカしようってのか？」

「僕が強すぎてケンカにならないと思いますよ。なんなら全員同時にかかってきてください」

「こ、こいつ、バカにしやがって……半殺しにして身ぐるみ剥いでやる！」

「ちょっと、いくらなんでも絶対無理よ！　ユーリってばどうしちゃったの？　こんなのやめて！」

「皆さん、争いごとはやめてください！」

リノと受付嬢のパルレさんに止められたけど、気にしないで僕とチンピラたちは外に出る。

チンピラたちは全員前衛職――戦士や剣士、拳闘士らしく、魔法を使わない肉弾戦になりそうだ。

まあ魔法を使われてもまったく問題ないと思うけど。

「じゃあかかってきてイイですよ」

僕の合図と共に、男たち七人はいっせいに飛びかかってきた。

ものの三秒で全員叩きのめしてあげた。

安心しろ、みね打ちじゃ。まあ、みねじゃなくて、剣の腹でぶん殴ったんだけどね。

「た……ただもんじゃねぇぞ、アイツ⁉」

「動きが速すぎて、いったいどうやって倒したんだか……」

ケンカを見に来た野次馬たちから、驚きの声が上がる。

彼らにも僕の実力が分かったと思うし、これで絡まれることも減るはずだ。

「ええ〜っ、ユーリってば、こんなに強かったの？」

「いや、コイツら全然レベル低いよ。多分40にもなってないと思う。僕たち世代なら、誰でもこれくらいできるよ」

まあここまで楽勝は無理だろうけど、クラスメイトはみんなレベル40を超えていたし、強スキルも持っているので、この程度のチンピラに負ける人はいないだろう。

「ユーリがこんなに強いなんて知らなかったわ。学校の戦闘授業じゃ、全然戦ってるの見たことなかったし」

まあね、余計なことして怪我とかしないように、基本的には逃げていたからね。

おかげで、『耐久』や『異常耐性』のスキルが出てこなかったよ。あの手のスキルは、戦闘で色々と傷付いたり苦労しないと習得できないからね。

「すごーい……噂には聞いてたけど、今年の卒業生さんはこんなに強いんですね」

パルレさんも僕の強さに感心しているようだ。

それにしても、なんでこんな綺麗な受付嬢さんが、場末のギルドなんかで働いているんだろ。チンピラがいっぱいいるし、危なくないのかな？

活動初日にしてちょっと注目を集めちゃったけど、まあ僕ら世代は強いヤツばかりだから、この程度の力は見せても大丈夫だろう。

まだざわついたままの見物人を残して、ギルドで適当な狩猟依頼を選んで、僕らは当該地区へと移動した。

◇◇◇

ギルドで依頼を選んだ後、僕らはエーアスト王都近辺の森へオーガ討伐に来た。

オーガはなかなか手強いので、駆け出しの冒険者には少々手に余るモンスターだけど、僕たちは対魔王軍戦力と言われる優秀な世代だ。

それに、一応オーガは学校の授業で何度も戦っている。なので、討伐依頼の許可をもらうことができた。

まあ本当の目的はオーガ討伐なんかじゃなく、とにかく戦闘経験を積んで、スキルを覚えることなんだけどね。

現在僕は『剣術』とか『腕力』などいくつかの基本スキルは持っているけど、通常の冒険者に比べてまだまだ全然スキルが足りない。

学校時代消極的だった僕には、ちゃんとした戦闘経験がないからだ。

モンスターと正面から戦い続けることによって、たとえば『体術』や『回避』とかのスキルが習得できたりする。

ほかにも『耐久』とか『異常耐性』のスキルを取るには、攻撃を喰らったり危険な目に遭ったりしないと、スキル選択に出てこない。『見切り』や『心眼』なんかも同様だ。

学校にいたときは、基本的には危ないことからは逃げていたため、僕はその手のスキルを全然取ってないんだ。

当時は経験値貯蓄のためレベルを上げてなかったし、万が一があってはいかんと、とにかく安全重視で行動していた。

なので、当然『耐久』スキルも持ってない。『耐久』なしでは、強靭な身体を作るなんて到底不可能だ。

今後大量経験値でいくらレベルを高く上げたり、ＨＰが非常に多くなったとしても、『耐久』スキルがないと受けるダメージは大きくなるし、『異常耐性』がないと、毒や麻痺を喰らったり、最悪即死の攻撃で死んだりする。

だから、どうしても耐久・耐性系のスキルは習得しておかないといけない。

というわけで、オーガ討伐と言いながらも、スキル獲得のため僕は積極的に攻撃を喰らいにいった。

「ちょっとユーリ、何しているの？　なんで戦わないの？」

そばで見ているリノがビックリしている。

まあそりゃそうだよね。どう考えても頭のおかしい行動だもんね。よほどのマゾ変態でもこんな行為しないと思うし。

しかし、僕はレベル１００だから、さすがにオーガ程度の攻撃なんて痛くも痒くもない。

とはいっても、リノはそんなことを知らないわけで、なんとか僕を助けようとしてくれているけど、オーガが僕に引っ付いているから、巻き添えが怖くて魔法が撃てないようだ。

そのうちほかのオーガやポイズンビーまで集まってきて、オーガの攻撃と一緒に僕に毒針を刺しまくってきた。

ありがたい。これで異常耐性スキルが出てくれたらラッキー……なんて思っていたけど、そう簡単にはいかないらしい。

僕はモンスターまみれになって攻撃を受け続けるけど、やっぱりこの程度の相手じゃスキルの選択は出てこないようだ。

相手とのレベル差があると状態異常にもなりにくいから、最弱クラスのポイズンビーでは、さすがに雑魚《ざこ》すぎる感じ。

僕の現在の強さから考えると、バジリスクとかデビルクロウラーあたりの強力なモンスターから攻撃を喰らわないと、『異常耐性』スキルは付かないかもしれない。

そもそも、本来は低レベルのうちに習得しておくべきスキルだからね。

僕は低レベルのうちは逃げ続けたあと、一瞬でレベル１００になっちゃったので、習得する機会を飛び越してしまった。

まあ通常そんなヤツはまずいない。僕は完全に超特殊ケースなのだ。

「やだ、死なないでユーリ！　死んじゃやだあっ！」

どうすることもできないリノが泣き出しちゃったため、とりあえず、周りにいたオーガとポイズンビーは全部やっつけた。

「ごめんリノ、心配かけちゃったね。実は『耐久』スキルとか『異常耐性』スキルを持ってないから、ここらで覚えちゃいたいなあと思ったんだ」

「えっ、剣士なのに耐久系のスキル持ってないの？　そういえばユーリって、攻撃を受けたところ見たことないかも」

「そうなんだよ、学校の戦闘授業で逃げまくってたら、ついそのまま習得しそびれちゃってね」

「でも、こんな無茶しなくたって、そのうち勝手に『耐久』スキルなんて取れるよ？」

うーん、そのうちじゃダメなんだよなあ。

早めに取っておかないと、防御面で脆弱なままになっちゃう。

今の僕は、攻撃面では『剣術』も『敏捷』も最高のレベル10なので、大抵の相手には負けないだろうけど、何かの拍子にダメージを受けたときが怖い。

何せ、『回避』や『体術』スキルも持ってないから、受け身に回るととても弱いんだ。

世界最強クラスと言われる人たちは、だいたいみんなベースレベルも100を超えているけど、レベル以上にスキルがとても強力だ。

攻撃も防御も耐性も、全てバランス良く育っている。もちろん、強力な必殺技なんかも習得しているだろう。

僕は神様からもらう経験値でベースレベルはどんどん上げられるかもしれないけど、今のままじゃ、ただステータスが高いだけの剣士だ。

上位の人たちには到底敵わないし、もしも状態異常攻撃されたら、たとえレベル差があってもイチコロだ。

危険対策のためにも、なんとか早めに異常耐性スキルを取っておきたい。

とはいっても、バジリスクやデビルクロウラーから攻撃を喰らうのは、現状ではちょっと怖い。

なんとかちょうどいいモンスターがいないものか……

まあまだ今日は一日目だ。しばらくは適当にモンスター狩りをして、スキル習得に努めよう。

2. 強化しましょう

ふと朝目が覚めると、なんとなく部屋の中の様子に違和感を覚えた。

が、何がどう変なのかよく分からず、しばらく部屋を見回したあと、ベッドから起き上がる。

まあ気のせいだろう。


冒険者活動を開始してから早一週間。

今日もリノと一緒にモンスター狩りに来ている。というか、モンスターに攻撃されに来ている。

この変な行動にもリノは慣れてくれたようで、僕が攻撃されているところを、そばでハラハラしながら見ていてくれる。

「ユーリ、そろそろお昼にしようよ」

朝からボコられ続けたけど、未だ『耐久』スキルは出ず。

とりあえず日も高くなってきたのでいったん休憩。昼食を取ることにした。

「今日は早起きしてお弁当作ってきたの。もちろんユーリの分もあるから、一緒に食べましょ！」

いつもは冒険者用の携帯食で済ませているんだけど、今日はリノがお弁当を作ってきてくれたらしい。

携帯食は栄養と日持ち重視の作りなので、味は二の次。けっして美味しい食べ物ではない。なので、お弁当が食べられるのは大変ありがたい。

それに、一人暮らしの僕は食生活がどうしても偏りがちだしね。

わざわざ早起きしてまで作ってきてくれるなんて、リノはなかなかイイお嫁さんになれそうだ。

「ありがとうリノ、ではいただきます！」

「たくさん作ってきたから、いっぱい食べてね♪」

敷物の上に置かれた色とりどりの料理を見て、僕はゴクリとつばを飲み込む。

うーん久々のご馳走だ。早速手近なものからつまんで口に入れる。

ん……？　んん？　んんん～？

ちょっと待って、とても言いづらいんだけど、なんか味がおかしくない……？

予想と違った味に少々驚きながら、次の料理を口に入れる。

ん～？　これもなんかおかしいな……次のお惣菜もその次のお惣菜も、今までに食べたことのない味だ。

二人じゃ食べきれないほどのおかずをいっぱい詰めて持ってきているけど、どの料理も何か味付けが変だ。

もちろん、家庭ごとに好む料理が違ったりするので、リノ家特有の味付けなのかとも思ったけど、そういうレベルじゃない。

というか、簡単に言うと味がしない。ほのかに風味が付いている程度という感じだ。

「この煮物は、香りにこだわったの。よく嗅いでから食べてみて！」

リノに勧められた煮物の香りを嗅いでみる。

う～ん……匂いに鈍感な僕では、そのこだわったという香りが一切分からない。

ひょっとしてリノにからかわれているのか、それとも何か試されているのか……

ただ、リノは美味しそうにニコニコしながら食べている。どうも悪意は感じないので、単に好みの差なのかもしれない。

まあでも、一般的にはあまり受けない味だと思う。リノに『料理』スキルは付かないかもな。

一生懸命作ってくれたようなので、なんとかお弁当は食べ切った。

が、しかし、リノには大変申し訳ないが、これはわざわざ手作りしてまで持ってきてもらう必要はないな。

お弁当を上手に断る方法をあとで考えておこう。


昼食後、モンスターにボコられ続けるのを再開する。

我ながら馬鹿みたいなことをしながら、時間が過ぎるのをひたすら待つ。

頼むから早くスキル出てくれえ〜。横でただ見ているだけのリノにも申し訳ない。

そうそう、一応パーティーメンバーとして、リノにはアイテムボックスをあげた。

ほかにも、『魔道具作製』スキルでエクスポーションや状態異常の治療薬を作ったから、それをリノにも分けて渡してある。

『装備強化』スキルで、リノの装備も一通り＋1に強化した。

『装備強化』スキルはまだレベル1から上げてないんだけどね。今のところ、それほど必要でもないかなと。なので後回しにしている。

『魔道具作製』スキルは、レベル２に上げるのに経験値２０００万必要なので、これまた現状では経験値が足らず。

近々上げたいとは思っているけどね。

ちなみに、僕のこの能力をリノが不思議がったので、実は『神授の儀』で授かったスキルを育てたらなかなかいいスキルになってくれた、とウソをついている。

まだ誰にも僕が授かったスキルを教えてないし、今後も教えるつもりはないので、真実がバレることはないだろう。

ところで、以前にも感じたけど、リノは『魔力上昇』スキルを授かった割には、魔法の威力は平凡なんだよね。

というか、むしろ並み以下に思えるんだけど、どうしてだろう。覚えたての頃ならともかく、未だにレベル1の魔法しか使わないし……

というより、恐らく『属性魔法』自体のレベルがまだ1なんだろう。なので、レベル1しか使えないんだ。

リノが使う『属性魔法』というのは、地水火風の四つが基本となる魔法だけど、レベルを上げるのはそんなに難しくはない。持っている才能によって個人差はあるけど、通常は2万ほど経験値を使用すればレベル２に上げられる。

リノは『魔力上昇』のスキルを授かったので、魔法の才能としては上位のはずだ。なのに、なんで魔法レベルを上げないんだろう？

リノの成長に、何か疑問を感じてしまう。

少々気が引けるが、リノには内緒で、『精密鑑定』スキルでちょっと解析してみた。

すると、やはり『属性魔法』はレベル1だったうえ、驚いたのが、持っている基礎スキルが『気配感知』、『精密』、『看破』、『探知』、『暗視』、『隠密』だったこと。

リノは魔道士なのに、なんだこの習得スキルは？

ちなみに、『魔力上昇』スキルが見当たらないが、『神授の儀』で授かったスキルは少々特別なので、見えないことが多い。

それはいいとして、『魔術』や『魔力』の基礎スキルも見当たらないけど、まさか持ってないのか？

『魔術』は魔法使用時のスキル——たとえば『連続魔法』や『高速詠唱《ショートカット》』などを覚えたり、魔力操作の技術や魔法耐性にも関係してくる。

『魔力』は、魔法の威力やＭＰの量そのものだ。

この二つのスキルがないと、魔道士としては致命的だ。いくら属性魔法のレベルを上げても、強い魔法は撃てない。

僕の『精密鑑定』スキルはまだレベル６なので、ひょっとしたらリノのスキルの一部が見えてないだけかもしれない。さすがに『魔術』と『魔力』を持ってないのはおかしいからなあ。

レベルを上げれば、もっと詳細まで能力解析できるようになると思うけどね。

何か釈然としないが、まあ経験値をどう使っていくかは個人《リノ》の自由だ。

結局、今日も何一つスキルを覚えることができず、不毛な一日を過ごして僕らは帰路に就いた。

◇◇◇

冒険者となってすでに一ヶ月。

毎日モンスターにボコられているが、一向に『耐久』や『異常耐性』スキルを覚える気配がない。

レベル１００の僕にとっては、オーガレベルのモンスターたちに攻撃されるなんて、赤ん坊に撫でられるようなもの。

これでは相手として物足りないのだろうと、もう少し強いモンスター相手にもボコられてみたが、やっぱりスキルは出てこなかった。

試しに、低い崖から落ちてみたけど、これもダメ。ならばと、それなりの高さの崖から落ちてみたけど、それでもスキルは出てこなかった。

一応、ちょっとはダメージを受けたんだけどね。

スキルとはいわゆる才能の開花であり、この手の体験による想定内のダメージでは、なかなか開花してくれないのかもしれない。

料理スキルも、『神授の儀』で神様から授かるのはともかくとして、ただ料理しているだけじゃなかなか付かないと言うし。

料理に一生を懸ける熱意とかがないと、才能は開花してくれないのだろう。

剣術スキルも、ただの素振りでは何万回振っても出てきてくれない。敵と戦闘をしたり、訓練で激しく剣を打ち合って初めて選択に出てくる。

学校の戦闘授業では逃げることが多かったけど、ただ逃げているだけじゃ『回避』や『体術』スキルは取得できなかった。

多分、敵の危険な攻撃を必死に躱したりすることで、ようやくスキル選択に出てくるんだと思う。『耐久』スキルも、ただダメージを受けるだけじゃなく、心からその重要性を認識しないと出てこないのかもしれない。

僕が今やっていることだと、我ながら『耐久』スキルの重要性を肌で感じてないもんね。

要するに、僕のレベルが高すぎるのが問題なんだよね。それで安心しちゃって、現段階ではどうにも『耐久』スキルを必要とまでは感じないようだ。

かといって、わざわざ命の危険を覚えるような相手と戦うのもなあ……

たとえばドラゴンと戦ってみれば、絶対に何かしらのスキルは出てくるはず。

ドラゴンはＳＳＳランクの冒険者でもないとなかなか倒せないけど、僕の攻撃力なら倒せる可能性は充分ある。まあそれなりの武器は必要になるけど。

ただし、万が一ドラゴンの攻撃を喰らったら、僕の耐久力では致命傷になるだろうな。そんな賭けはまだしたくないので、残念ながらこの案は却下だ。

結局、今のところは地道にスキルが出てくるのを待つしかない。

あと毎日の戦闘では、気分転換がてらリノに魔法も教えてもらっている。

練習によって体内の魔力操作が上手くなれば、スキル選択に魔法が出てきたりするんだけど、僕の場合は未だ全然だ。

魔法に関しては生まれながらの才能が大きく関係していて、才能がある人はどんどん魔法を覚えていくし、苦手な人は一生覚えることができなかったりする。

基本として、前衛職に就く人——戦士や剣士、拳闘士なんかはまず魔法を覚えないが、多少の才能がある人は、いくつかの魔法を習得して聖騎士や魔法剣士になる。

まあ魔法に限らずほかのスキルでも、才能がある人はどんどん多様なスキルを覚えていくし、平凡な人は一つ習得するのにも時間がかかったりするんだけどね。

そして才能がある人は、スキルアップに使う経験値も少なく済むことが多い。

神様のおかげで僕は経験値を大量にもらえるけど、才能的には平凡だ。なので、自力で魔法を覚えるのは無理かもしれない。

まあ女神様から魔法スキルをもらえるかもしれないし、これは気長に待とう。

とりあえずこの一ヶ月間、色々やってもスキルに関する進展はなかった。

レベルが低いうちに、ちゃんと必要なスキルを取得しておかなかった自分が悪かったね。今さらもう遅いけど。

いつまでもこんなことをしてても仕方ない。

放っておいても僕は山ほど経験値がもらえるし、防御系や異常耐性については、いずれスキルが出ることを祈って先に進もう。


というわけで、今月は神様から6700万の経験値をもらった。

そして女神様からの今月のスキルは、『世界魔法《ワールドマジック》』だった。

ちょっと待って、そんな魔法聞いたことないんだけど？

SSSランクを超えた最高のVランクスキルで、取得するには100億の経験値が必要だった。

どんな魔法が使えるんだコレ？

当然取れるわけもなく見送り。なので、今月の経験値は取得済みのスキルの底上げに使うことにした。

『腕力』と『器用』のスキルを最大のレベル10まで上げたら、なんと一部のスキルが融合して上位スキルへと進化した。

具体的に言うと、『剣術』と『器用』スキルが融合して『斬鬼《ざんき》』というスキルになった。まだレベル1だけど、相当凄いスキルだと思う。

レベル2に上げるのには経験値が2000万必要で、これをレベル10まで上げたらとんでもない強さだろうな。

とりあえず、『斬鬼』スキルはまだレベル1から上げず、余った経験値はストックして、僕はギルドへと出発した。


「おはよーユーリ!」

冒険者ギルドの近くでリノと合流する。

リノだけであの殺伐としたギルドに入らせるのは危険なので、必ず合流してから入ることにしている。

まあならず者たちには僕の力を見せたから、おいそれと絡んでくることはないだろうけどね。

「ユーリ、今日もまたあの変な訓練するの?」

「いや、今日からは別なことをしようと思ってる」

この一ヶ月、僕はずっとモンスターに袋叩きに遭ったり、崖から落ちたりという意味不明なことをしていたから、付き合わされていたリノが全然成長できていない。

僕は毎月経験値がもらえるけど、リノはちゃんと戦闘をしていかないと、いつまで経ってもレベルが低いままなのだ。

ある程度ギルドの依頼はこなしているから、冒険者のランクはDに上がっているんだけどね。

今日はリノのために、ちょっと経験値稼ぎをしようと思う。いわゆるパワーレベリングってヤツだ。

リノが強くなるまで、しばらくは経験値稼ぎに勤しむことにしよう。

僕たちは中級モンスターが多く出現する草原へと向かった。

討伐依頼の対象はサーベルタイガー。これがかなり増えているので、適当に間引いてほしいということだった。

本来はCランク以上のパーティーが請け負う仕事なので、Dランクである僕たちには多少荷が重い依頼だ。しかも、二人組パーティーだしね。

ただ、僕ら二人のランクが低いのは依頼達成数が少ないからで、実力的には充分Cランク以上と評価されている。そのため、依頼も特別に許可してもらえた。

現地に着いて歩き回っていると、早速サーベルタイガーを発見。それも二匹だ。

一匹でもかなり危険なモンスターだが、二匹だと危険度は数倍になる。こんなに簡単に二匹と出会うってことは、依頼の通り相当増えているんだろうな。

複数相手は避けて一匹ずつ討伐するのが原則だが、僕にとってサーベルタイガー程度はまるで敵じゃない。

ということで、特に警戒もせずにサーベルタイガーへと近付いていく。

「ちょ、ちょっとユーリ、危ないからやめて！　早く逃げましょ！」

「大丈夫だよ、リノこそ危ないからそこで待ってて」

僕に気付いたサーベルタイガーが、二匹同時に飛びかかってきた。

当然、一瞬で二匹とも斬り殺す。

「すっごーい……ユーリってば、あんな変な訓練でこんなに強くなっちゃったのね」

リノがちょっと勘違いしているな。

オーガたちにボコられただけで強くなるはずないでしょ。まあでも、リノが不思議に思っちゃうのもしょうがないよね。

ちなみに、『斬鬼』スキルを習得してから初めて戦ったけど、まるで自分の身体じゃないような感じだった。

相手の動きに反応して、最適な動作を勝手に身体がしてくれる感じで、適当に動いただけでサーベルタイガーを斬れちゃった。

僕には防御系や耐性スキルはないけど、攻撃面だけなら、世界でも最強クラスになっているかも？

いや、油断は禁物か。そもそも、まだ強い人と出会ったことがないもんね。

その後もサーベルタイガーを倒しまくって、今日だけでリノは5万近い経験値を獲得できた。

二人組パーティーなので、一人頭の経験値が多いのだ。一日としては充分な成果だろう。

サーベルタイガーの魔石もたくさん取れたので、ギルドに提出して換金してもらうことにする。

「こ、これ、全てユーリさんが討伐してきたんですか!?」

受付嬢のパルレさんが、魔石の量を見て驚いている。

いつもと討伐成果が全然違うからね。

「ちょっと待っててください、あまりの量なので、奥で鑑定して正確に計算してきます」

鑑定結果は、金貨七十枚ほどになった。

えー凄い、こんなにお金になるのか……

まあでも『魔道具作製』スキルを使えば簡単に稼げちゃうので、金銭面に関しては特に不安なところはないけどね。

今回の成果でCランクに上がることもできたし、ようやくちゃんとした冒険者活動ができたって感じの一日だった。

◇◇◇

リノのパワーレベリングは続き、今日もトリプルホーンというモンスターの討伐に来ている。

トリプルホーンは全長五～六メートルほどの巨体で、突進しながら頭部にある三本の角で突いてくる四足獣だ。

ドラゴンに似たような硬い鱗《うろこ》は剣の攻撃を容易には通さず、Bランク以上の冒険者パーティーじゃないと、討伐するのはなかなか難しいだろう。

ということで、今回は二チームで合同討伐となってしまった。

さすがに僕たち二人組パーティーでは許可が下りなかったんだよね。Cランクに上がったばかりの二人じゃ倒せるわけがないと。

正確に言うと、受付嬢のパルレさんは僕たちを推してくれたんだけど、ギルド上部にはまだ僕たちの信頼は足りてないようだ。

まあそれはいいんだけど、ここに来る最中から色々と面倒なことになっちゃってて……

「おめえがユーリってヤツか。オレの可愛い弟分を痛め付けてくれたんだってな？　仕返しをするつもりはねぇが、役立たずだったら放り出したまま帰っちまうからな！」

共同で依頼を受けた相手チームのリーダーが、活動初日に叩きのめしたヤツらの兄貴分らしいんだよね。

一応アイツらよりは理性的で、難クセ付けて襲ってくるようなことはないんだけど、出発したときからずっと文句を言われっぱなしだ。

今後またこんな目に遭わないよう、早く冒険者ランクを上げて、僕たちだけで自由に依頼を受けられるようになりたいところだ。

「おしっ、見つけたぜ！　まずはオレたちがお手本見せてやるから、おめえらはそこで見ていやがれ！」

そう言って、相手チームのリーダー、ダーガンという男とそのメンバーたちは、トリプルホーンへと向かっていった。

「くっ、くそ、コイツなかなか強《っ》えーな」

「おかしい、どうも以前戦ったときより手強く感じるぜ」

トリプルホーンは僕も初めて見たけど、確かにコイツはひと味違うかも。想像していたよりも大きいし、動きにもキレがある。

ダーガンたちが手こずっていると、戦闘を嗅ぎ付けてきてもう一頭のトリプルホーンがやってきた。今戦っている個体より、さらに一回り身体が大きい。

群れのボスなのかな？　いや、トリプルホーンってそんなに群れない魔物のはずだけど……

「コイツ、ただもんじゃねえっ、デカすぎるっ！　ここらのボスかもしれねえっ」

「なんてこった、剣が効かねえぞっ」

「弓もだめだ」

「魔法でもビクともしねえっ」

そうこうしているうちに、なんとさらにもう二頭トリプルホーンがやってきた。これで計四頭。

「どうなってんだ!?　こんなことは初めてだ！」

「こりゃダメだ、ぜってー勝てねえぞっ」

「ちくしょう、もう逃げることもできねえっ！」

ダーガンたちはBランクチームだけど、これはもうAランクチームでも対応が難しい状況になっちゃったぞ。

僕たちに見ていろなんて言っていたけど、助けてあげたほうがいいよね。

「リノ、ここで待機してて」

「ユーリ、だめだよ、私たちだけでも逃げよっ!?」

「大丈夫、じゃあ行ってくるよ」

「ユーリ～っ！」

トリプルホーンは強敵ではあるけど、攻撃は単調なモンスターだ。

なので、上位剣術スキル『斬鬼』を持つ僕の敵じゃない。楽勝でバッサバッサと狩っていく。

「何コレ、すごーい！　ユーリ強すぎっ！　さすが私のユーリ！」

あっという間にダーガンたちを襲っていたトリプルホーンを全滅させた。

僕の戦いを離れて見ていたリノがなんか叫んでいたけど、あまりよく聴き取れなかったな。

「おめえっ……いやアンタ……じゃない、兄貴ぃ～っ！」

おっと、絶体絶命だったところを救われたダーガンチームのみんなが、僕に抱きついてきたぞ。

いや、そこまで感謝してくれなくても……

「兄貴、一生付いていきます！　兄貴のおかげで命拾いしましたー！」

別に付いてこなくていいです。

ただ、ダーガンが味方になってくれれば、ギルドでのトラブルも減りそうだ。


そのあとも、トリプルホーンは不自然なまでに多く出現した。

まあだからこそ討伐依頼が出たとは思うんだけど、それにしても少し多いような気が……

もちろん全部倒したけどね。ただ、強化してあった剣がボロボロになっちゃったよ。

今日の成果も含め、ここ数日でリノは30万以上の経験値を手に入れたので、僕に付き合わせた一ヶ月分の遅れについては充分に取り戻せたと思う。

とりあえず、リノの強化が一段落したから、明日の活動は休みにすることにした。

3. 狂いだした歯車

朝起きると、またしても部屋に違和感が……

自分の部屋なんてあまり気にしたことないから、漠然とした感覚でしかないんだけど、寝る前と微妙に様子が変わっている気がするんだよなあ。

気のせいなのかな？

さて、今日は冒険者活動を休みにしたから、たまには街をぶらついてみるか。

モンスター討伐でお金も充分すぎるほど貯まっているしな。


朝食後、支度を整えて街へと繰り出した。

僕はどちらかというとインドア派なので、街に出るのは久しぶりだ。まあ余計なことはせず、ゴロゴロして適当に怠けたいだけなんだけどさ。

気になるお店に入ったり、適当に街をぶらついていると、後ろから不意に肩を叩かれた。

「ユーリってば、こんなところで何してるの？」

振り返ってみると、そこにいたのはリノだった。

なんという偶然。リノとこんなところで出会っちゃうなんてね。

「ユーリが珍しく街なんかに出かけるなんて、誰かと会う約束でもしているのかと思ったら、一人でぶらついているだけなのね」

「あれ？　いつから僕のこと見てたのリノ？」

「え？　ううん、たった今見かけただけだよ？　別にユーリが誰かとデートしているんじゃないかって心配になったとかじゃないよ？」

リノがよく分からないことを言っているな。

それにしても、リノはなんの用事でこんなとこに来ているんだ？　この辺は女の子が一人で歩くような場所じゃないんだけど。

「ねえユーリ、せっかくだから、一緒にあちこち回ってみようよ」

というわけで、今日は休みにしたのに、結局リノと一緒に行動することになってしまった。

別にいいけどね。


服を見たりアイテム屋に入ったりしたあと、昼食を食べて、武器屋に行くことに。

トリプルホーンを斬りまくったせいで、もう剣の斬れ味がボロボロなんだよね。なので、何かいい剣があれば購入したいと思っている。

とりあえず、どんな武器があるか見ようと思ってお店に入ったら、なんと元クラスメイトたちも来ていた。

久しぶりに会ったそのクラスメイトは、ゴミルシとトウカッズだった。

学校でこの二人は弱者に対して威張りちらしてばかりいたから、正直苦手な相手だ。

「お、ユーリじゃねえか。全然見かけねえから死んだと思ってたが、まだ生きてたんだな」

開口一番、早速ゴミルシに嫌みを言われる。

所属ギルドが違うし、受ける依頼もクラスメイトと被らないように注意していたから、今まで同級生には会ったことがなかった。

まあクラスメイトたちは冒険者ランクもどんどん上がっているので、もう僕と同じレベルの依頼は受けてないだろうけどね。

僕とリノは先日Cランクに上がったばかりだし。

「あれ、ゴミルシ君、トウカッズ君、久しぶりだね」

「おあっ、リノじゃん！　ちょっと待て、お前たちまさか一緒にチーム組んでいるのか？」

「うん、ユーリと私の二人組パーティーだよ」

ゴミルシの質問に、リノが正直に答えてしまう。

うーん……嫌な展開だな。学校時代、僕はリノやメジェール、王女様と仲が良かったせいで、みんなから嫉妬されまくったことが思い出される。

「リノと二人だけでチームだと？　てめえユーリ、リノを見かけないと思ったら、お前だけ美味しい思いしてやがったのか……」

やはり予想通りの反応が返ってきた。リノは人気があったからなあ。

あ、やばいっ、ゴミルシの顔が怒りで真っ赤になっている。僕がリノとパーティーを組んでいるのが、そんなに気に障ったのか？

「ふざけんなっ！　お前みたいなクソ雑魚が、いったいどうしてリノと組んでるんだよっ！　騙したんだろ、ぶっ殺すぞ！」

トウカッズも相当頭に血が上っているようで、今にも殴りかかってきそうな雰囲気で僕に脅しをかけてくる。

騙したも何も、リノから一緒に組みたいって頼まれたからなあ。

「ユーリ、表に出ろっ！　お前がどれだけ強くなったか、オレたちが力を試してやる！」

そう言って、ゴミルシとトウカッズはスタスタと外に出てしまった。力試しというか、僕を叩きのめしたいんだろうな。

しかし、あの二人……威勢はいいけど、持っているのはそんなに強いスキルじゃない。

確かゴミルシが授かったのは『剣技上昇』というBランクスキルで、通常よりも『剣術』スキルや『腕力』、『器用』スキルの能力補正が高いだけで、特に目立つような特性はなし。

トウカッズに至っては『迷宮適性』という盗賊系のCランクスキルで、主に『気配感知』や『罠解除』などの迷宮用能力上昇なので、戦闘力にはまったく関係がない。

両方とも決して悪いスキルじゃないんだけど、僕のクラスは特に優秀な超スキル持ちばかりだったから、この二人はイマイチ目立たなかった。

何せほかのクラスメイトは、ゴーレム作ったり不死身だったり変な超能力使ったり聖剣出したり次元斬とか言ってなんでも斬っちゃったりしていたからね。相手が悪すぎる。

まあこの二人元々ケンカは強かったみたいだけど、スキルの取得以降は、ケンカが強い云々《うんぬん》なんてのはほとんど意味のないことだからなあ。

「あのうゴミルシ君、トウカッズ君、ユーリと戦うのはやめたほうがいいよ、ユーリは凄く強いよ」

「ああリノ、お前騙されてるぞ。ユーリ以外のヤツを知らないから、ユーリ程度を強いって勘違いしてるだけだ」

「そうだ、オレたちがユーリよりも圧倒的に強いってところを見せてやるから、オレたちと一緒にパーティー組もうぜ！」

リノが忠告しているのに、ゴミルシもトウカッズもまったく聞く耳を持たないようだ。

仕方ない、適当にやっつけちゃうか。

上位スキルの同級生に勝っちゃうと、ひょっとしたらちょっと面倒なことになるかもしれないけど、ゴミルシ程度なら勝っても大丈夫だろ。

「じゃあ力試しさせてもらうけど、時間がもったいないから、ゴミルシとトウカッズ二人でかかってきていいよ」

「こ……このヤローなめやがって、ぶっ殺す！」

「ギッタギタに叩きのめしてやるぜ！」

開始三秒で、ゴミルシとトウカッズをボコボコにした。

この場に長居するのもまた面倒なことが起こりそうなので、気絶した二人を置いて、僕とリノは静かに立ち去った。

まああの二人も、僕なんかにボロ負けしたことは言いふらさないだろ。

それにしても、何かあの二人から感じたオーラというか殺気というか……単純に言うと雰囲気が以前とはちょっと違う気がした。

久々に会ったこととは多分無関係の違和感だ。

強さも、僕の想定以上だった。要するに、僕が思っていたよりも、あの二人は成長していたということだ。

僕が強すぎてイマイチその能力を測りきれないが、何か気になるなあ。

しかし、活動を休んでたまに街に出るとこれだ。冒険者をやっているほうが楽しいな。

◇◇◇

翌月になり、また神様から経験値をもらえる日が来た。

今月はなんと1億3000万を超えた。これでもらえる上限は1億以上ということが分かった。

いったいいくらまで増えるんだろう。このままいくと、いよいよ凄いことになるぞ。

今回女神様から提示されたスキルは、『高次建築魔法』というAランクスキルだった。

これは建築系でも最上位のスキルらしく、通常の『建築』スキルは作業の技術を上げるものだけど、この『高次建築魔法』というのはその名の通り魔法の一種だ。

作業効率は、通常のスキルとは比較にならないほど優秀とのこと。

これが3万で取得可能だったのでもちろん取った。使う機会があるか分からないけど、持っておいて損はないだろう。

スキルのレベルはとりあえず1のままで、使うときに上げることにする。

さて、今月は1億3０００万以上経験値をもらったから、ストックしていた分と合わせると、現在2億近く経験値がある。

ただ、今のところ新しく取得できるスキルはないし、基礎スキルも、持っているものは大体レベル10まで上げちゃっているんだよね。

このままストックしておいてもいいんだけど、来月には多分2億以上もらえるしなあ。

ここまで来てケチケチしすぎるのもどうかと思い、『精密鑑定』、『装備強化』、『魔道具作製』スキルを上げることにした。

まず経験値を3０００万弱使って、レベル6だった『精密鑑定』スキルをレベル10にした。

そして2４００万使って『装備強化』スキルをレベル5にし、6０００万使って『魔道具作製』スキルをレベル3にした。

残った経験値8０００万ほどは、念のためにまたストックしておく。

『装備強化』スキルは『+5』まで強化できるようになり、相当能力が上がるようになった。

剣の強化で言うと斬れ味二倍、ダメージ倍増といったところだ。

『魔道具作製』スキルは、なんと特殊武器が作れるようになった。

今回作ったのは『炎の剣』。これは斬りつけるときに剣身が燃え上がり、斬撃と同時に灼熱のダメージが与えられる剣で、あの斬れ味がボロボロになっていた古い剣をベースに、『魔道具作製』スキルで改造するような感じで作れた。

『炎の剣』なんて、昔作られたものが至上工芸品《アーティファクト》として現存しているレベルの希少武器だ。もちろん、現在作製できる人はいないと思う。

これを『+5』まで強化したら、かなり凄い剣になった。炎どころか爆炎のレベルだ。もし売ったら、金貨数百枚になると思う。いや、それ以上かも。まあ作るのにめっちゃMPがかかったけどね。

あと、異常耐性の付いた防具も作れるようになった。

ただ、まだ『魔道具作製』レベルが3なので、毒とか軽い状態異常にしか対応できないけどね。それでも充分ありがたいが。

それと、アイテムボックスの容量も増やせるようになったから、一辺が三メートルほどのサイズに大きくした。

これくらいの大きさがあれば、冒険必需品はなんでも持ち歩くことができるだろう。もちろん、予備の装備とかもだ。

今回のスキルアップで、僕とリノの装備関係を一通り大幅強化しておいた。

先日の武器屋では、ゴミルシたちと一悶着あって結局何も買わずに帰ってきちゃったけど、このスキルのおかげでちょうど良かった。

◇◇◇

いつも通り冒険者ギルドに行くと、普段は明るい受付嬢のパルレさんが、血の気を失った表情で佇んでいた。

とりあえず受付の仕事はこなしているけど、心ここに有らずといった感じで、まるで身が入っていない。

さすがに気になったから、何かあったのか尋ねてみた。

「冒険者の方に気遣ってもらえるような立場ではないのに、ご心配をおかけして申し訳ありません。実は父の病状が悪化してしまって……」

訊いてみると、パルレさんのお父さんは大病を患っていて、その治療費のために、誰もやりたがらなかったここのギルドに就職したらしい。

こんな場末のギルドで、パルレさんのような人が働いている理由がようやく分かった。

その父親の体調が急変し、今すぐにでもなんとかしなくちゃいけないらしいが、上級調合士が作るような薬が必要で、しかもとても簡単には作れないものなんだとか。

すでに一刻を争う状態で、正直パルレさんはもう諦めて父親の死を覚悟している。

まてよ……『魔道具作製』レベルを上げたから、僕が何か薬を作れるんじゃないか？

僕はパルレさんに相談し、父親のもとに案内してもらった。


パルレさんの実家――お父さんが寝ているところへと行き、『精密鑑定』スキルで病状を調べてみる。

すると、魔毒素感染による黒腐肺炎ということが分かった。

これは滅多にない難病で、そして診断も非常に難しい病気だ。レベル10の『精密鑑定』だからこそ、正確に診断できたと言える。

病気は戦闘で負った傷とは違って回復魔法では治療ができないので、あとは薬が作れるかどうかだけ。

『魔道具作製』のリストを調べてみたら、対応する抗毒製剤があった。それを作って、パルレさんのお父さんに飲ませてあげる。

ほどなくして、お父さんの顔色が良くなり、呼吸の乱れも治まった。

完治にはまだ少し時間がかかるが、もう大丈夫だろう。

「お父さん……お父さんの病気が治るの？　無理だって諦めてたのに……ユーリさん、本当にありがとうございます。このご恩は一生忘れません」

パルレさんが泣きながら何度も頭を下げる。

良かった。一安心したパルレさんに笑顔が戻った。

「ユーリってお医者さんみたいなこともできるのね。『神授の儀』でいったいどんなスキルをもらったの？」

リノが不思議そうな顔して訊いてくる。

今はまだ教えてあげることはできないけれど、もしそのときが来たら、リノには全て打ち明けよう。

◇◇◇

今日もリノと一緒に冒険者ギルドへ。

先日『装備強化』と『魔道具作製』スキルを使って、僕とリノの装備関係を大幅強化したから、少し難度の高いクエストをやってみることにした。

選んだのはマンティスリーパーの討伐。

マンティスリーパーとは、立ち上がると五メートルにもなる大型の昆虫モンスターで、両手に付いている巨大な鎌で獲物を襲う凶暴なヤツだ。

大きさだけじゃなく動きも相当素早いので、本来ならAランク冒険者以上が請け負うクラスのクエストだけど、僕とリノのチーム評価はBランクまで上がっているから、決して無茶な選択ではない。

まあ少し難色を示していたけど、今までの討伐実績もあり、なんとかギルドに許可してもらえた。

ちなみに、マンティスリーパーを選んだ一番の理由は、特殊攻撃がないところだ。

魔法やブレス、状態異常に気を遣うことなく、単純な攻防で戦闘ができるので、僕たちチームの相手として適している。

本来ならかなり強敵な部類だが、この手のタイプにはまず僕は負けないだろう。比較的安全に、リノのパワーレベリングができるはず。

準備を整えて、僕とリノは現地へと向かった。


思った通り、マンティスリーパーの討伐は楽だった。僕の剣技と素早さが最大限に活かされる相手だ。

先日作った『炎の剣』の力もあり、特に苦労することもなく、出会う先からバッサバッサと倒していく。

この光景にリノもすっかり慣れたようで、あまり驚かなくなった。

「すごーい！　私のユーリが強すぎてヤバイ、失神しちゃいそう……」

僕の後方で何かぶつぶつ言っているが、このクエストはリノの戦闘経験のためでもある。なので、隙を見てどんどん魔法を使ってもらわないと困るんだけど？

「あ、ごめんなさいユーリ、うっかり見とれちゃってたわ。仇なす者よ、赤く燃え上がれ……火炎焼却《ファイア》！」

リノが呪文を詠唱し、僕の攻撃の合間合間に魔法を当てていく。ただ、やはりまだ魔法のレベルは1だ。

何故スキルレベルを上げないんだ？　それとも、まさか上げられないのか？

基本的には、スキルは経験値を使えば問題なく上げられる。

ただし、スキルには本人の才能や方向性が関係していて、場合によってはレベルが上がりづらいときがある。

具体的に言うと、戦士や剣士として活動すると、魔法関係は習得が難しく、そして仮に覚えてもレベルが上げづらい。経験値で魔法レベルを上げたくても、制限がかかっていて自由に上げられないのだ。

なので、大抵の場合レベル3くらいまでの魔法しか覚えられない。才能がある人でもレベル5くらいが限界となっている。

しかし、リノは剣士などではなく魔道士だ。そういう制限なんて関係なくレベル2に上げられるはず。

希なパターンとして、魔法の才能が全然ない人が魔道士になった場合、スキルレベルを上げるのに苦労するらしいけど、『魔力上昇』を授かったリノに才能がないはずがないので、何故レベルを上げないのかが分からない。

まあ何か理由があるのかもしれないので、僕がとやかく言うことじゃないんだけどさ。

ちなみに、剣士が属性魔法を覚えると『魔法剣士』、神聖魔法を覚えると『聖騎士』と呼ばれるようになる。

そのほか、神聖魔法を習得した弓使いは『狩人』だ。

とりあえず、リノが魔法スキルを上げない理由は分からないけど、とにかく今は色々経験して、戦闘の練度を上げてくれればそれでいいか。

最近ずっとパワーレベリングしていたこともあり、リノのレベルはすでに50を超えた。もちろん、ほかの基礎スキルも上げているから、全体的にかなり底上げできている。

同期の卒業生と比べても、上位スキルの人はともかくとして、単純な能力値ならリノは平均を大きく上回っているはずだ。

それと、僕に『回避』と『反応』、『体術』のスキルが出た。

マンティスリーパーはやはりなかなかの強敵で、たとえ僕といえども、クリティカルな攻撃を喰らったら危なかった。なので、我ながら本能的に危機感を覚えてくれたんだと思う。

それに、今までスキルこそ出てこなかったものの、多くの戦闘経験でそれなりに練度も溜まっていただろうし、あと一押しという状態だったのかも。

とにかく、待望の防御系スキルに僕は歓喜した。

三スキルとも当然取得して、レベルを10まで上げたら、なんと三つが融合して上位の『幽鬼《ゆうき》』というスキルに進化した。

これは回避に関して相当凄い能力があって、未だ『耐久』スキルのない僕にとっては大変ありがたいスキルだ。

『幽鬼』スキルも、『斬鬼』スキル同様レベル2にするのに経験値2000万が必要なので、とりあえずは現レベルで保留にしておく。

思わぬ収穫に僕は大満足し、今日の活動を終了した。

◇◇◇

帰りがけ、夕暮れに赤く染まる田舎道をリノと歩いていると、前方から見知った顔が数人ほど近付いてきた。

高等学校のクラスメイトだ。その中には、先日会ったゴミルシとトウカッズのほか、何故か一緒にモンスターもいる。

合計六人+一頭。それが僕とリノの前を塞ぐように並んだ。すでに雰囲気からしてやる気充分で、殺気すら感じる。

この前のリベンジってところなんだろうけど、それにしても、ちょっと揉めた程度なのに、元クラスメイトの僕にここまで殺気出すかね？　てか、まさかとは思うけど、本当に僕を殺す気で来ているのか？

ゴミルシとトウカッズが連れてきたのは、タックロ、ツヨジー、マルク、フクルースの四人。

確か能力は、タックロが『戦闘力上昇』という戦闘時に全スキルが強化されるAランクスキルで、ツヨジーは『剛力』という怪力が出せるAランクスキルだったはず。

マルクはリノと同じ『魔力上昇』を持ち、フクルースのは『魔獣馴致』という、モンスターを使役できるAランクスキルだ。

彼らと一緒にいるモンスターは、『魔獣馴致』のスキルで従えているのだろう。なんと、体長五メートルほどもある双頭獣オルトロスだ。

オルトロスは、Aランクパーティーがなんとか討伐できるほどの強力な魔物である。よくこんなヤツ使役できたなあ。

炎も吐くし、なかなかやっかいな相手だ。

「ユーリ、この前はよくもやってくれたな。お礼参りに来てやったぜ」

「今回はマジだ。本当にぶっ殺してやる！」

うーん、先日のはゴミルシたちから仕掛けてきたんだし、僕に返り討ちされたからって、逆恨みするのは筋違いだよなあ。

「やめてみんな、元クラスメイトでしょ？　なんでこんなコトするの？」

「うひひ、リノがどこのギルドに所属したのか謎だったが、まさかユーリと一緒にいたなんてなあ」

「学校にいた頃からずっと狙ってたんだ。ユーリをぶっ殺したあと、オレたちがたっぷり遊んでやるぜ」

ゴミルシたちの目に、暗く濁った色が浮かぶ。

何か様子がおかしいが、間違いなくコイツらは本気だ。僕を殺したあと、リノを弄《もてあそ》ぶつもりだ。

「ゴミルシ……本気なんだな？　なら僕も手を抜かないが、それでも構わないんだな？」

「なぁにが手を抜かないだ!?　命乞いしてみろ、そしたら片手斬り落とすくらいで許してやるぜ」

「まあお前の目の前で、リノを犯しまくるけどな、ヒヒヒッ」

ゴミルシたちからは狂気を感じる。

誰かに操られているのか？　確かに、元々性格に歪《ゆが》みのあるヤツらだったけど、ここまでじゃなかったはずだ。

それとも、自らの力に溺れて、外道《げどう》に落ちたか……

どのみち、ここはやるしかないようだ。

万が一にもやられるわけにはいかないから、僕もあまり手加減はしないぞ。

「死ねえっ、ユーリっ！」

ゴミルシたち六人が、いっせいに僕に襲いかかってきた。

その鋭い攻撃を、僕は覚えたばかりの『幽鬼』スキルで軽々と躱していく。

「なっ、なにっ⁉」

「コイツ、この前よりもさらに動きが速くなってやがる！」

「あ、当たらねえっ、ユーリのこの強さ、ちょっとおかしいぞ⁉」

うん、六人＋魔獣オルトロスがいようともまったく僕の敵じゃない。

これなら少し手加減してやってもいいかと思ったけど、僕の武器は『炎の剣＋5』だけに、力を抑えるのが非常に難しいところ。

「熱いっ、ぐあああっ」

申し訳ないが、それなりの怪我を負わせてしまった。火傷にプラスして、結構あちこちの骨も折れているんじゃないかと思う。

一応、オルトロスも殺さずに倒すことはできたけど、みんなそこそこ重傷だ。まあ手を抜かないって忠告したのに向かってきたんだから仕方ないよね。

彼らのスキルはなかなか強力とはいえ、超レアスキル持ちが多かった僕のクラスでは、平均程度の能力だ。だから僕も問題なく倒せた。

しかし、もし上位スキルのヤツらが集団で襲ってきたら、僕でも危ないかもしれない。

いや、上位スキルはかなり強力だ。一対一ならともかく、まとめて来られたら恐らく勝てないだろう。

それと、前回ゴミルシと戦ったときも感じたが、妙に強くなっている気がするんだ。

『精密鑑定』スキルでちらりと解析もしたけど、いくら選ばれし対魔王軍世代とはいえ、どうも成長が早すぎる。

ほかのクラスメイトも、こんなに成長しているのか？

卒業後、ほかの同級生たちには全然会っていないが、何かが起こっているんだろうか？

少々不安な気持ちを抱えながら、ゴミルシたちをその場に残し、僕とリノは帰った。

4．暴れちゃいました

この前女神様から取得した『高次建築魔法』だけど、ちょっと調べてみたら、レベル5に軽量化の魔法があることを知った。

軽量化の魔法とは、たとえば木材などに魔法をかけると、重量がいくらか軽くなるというものだ。

道具屋系が使うスキルにも存在し、製作が難しい高価なアイテムボックスの代わりに、道具袋にかけて持ち運びを楽にしたりする効果がある。

この軽量化の魔法で重い装備——たとえば盾とか鎧とか剣を軽くしたら便利かなと思ったら、金属には軽量化が効かないらしい。

装備を軽くしようと思ったら、ミスリルなどの希少金属を使うしかないみたいね。

まあ武器に関しては、重さも攻撃力に繋がるので、ただ軽くすればいいってものでもないけど。

ちなみに、僕は剣士だけど、盾は使わない。素早さと剣技の攻撃力を重視しているからだ。

『戦士』や『聖騎士』はパーティーの壁役《タンク》となることも多いから、重装備のうえに、大抵盾を装備している。ただし、両手持ちの武器を使っている場合は別だが。

それとは対照的に、素早さ重視の『拳闘士』や二刀流で戦う『侍』は、盾を使わない。身軽さが命の『忍者』もだ。

剣士には、攻守のバランス重視で盾を持つタイプと、盾を使わずに剣技を最大限に活かすタイプの二通りがいる。

僕も最初は盾を装備していたが、どうも自分には合わないと感じたから、剣技で勝負することにした。

盾を持つと後手に回りやすかったりもするので、性分的に僕にはこのスタイルが合っていると思う。

◇◇◇

今日もいつも通り、リノと一緒にギルドに行ってみると、珍しく受付にパルレさんの姿が見えなかった。

今まではお父さんの治療費を工面するためか、彼女が休んだところはまず見たことなかったけど、考えてみれば、先日僕の渡した薬で病気は治るだろうから、もう無理して働く必要もなくなったのか。

看病に専念するために、受付を辞めちゃったかもなあ……ちょっと寂しいけど、こんな場末のギルドなんかで働くよりも、パルレさんには相応しい職場があるだろう。

とりあえず、依頼掲示板から今日の仕事を選び、受付にて手続きをしてもらう。

承認作業を待っている間に、受付のお姉さんにさりげなくパルレさんのことを訊いてみた。

「パルレさんって、もうギルドには来ないんですか？」

「パルレ？　また来るわよ。あの子今日は急用で休んでるだけよ」

「急用？　まさかお父さんの容態《ようだい》が悪くなったんですか？」

この前の薬で、病気はもう治るはずだ。

それとも、何か僕が見落としたことがあったのか？

「お父さんじゃなくて、パルレ自身の問題。あの子、治療費が足らなくて借金してたのよ。今日がその返済日なんだって」

借金？　そんなこと、パルレさんはひとことも言ってなかった。

そりゃ言うわけないか、言えば僕が心配するからな。

パルレさんは僕に迷惑をかけたくなくて、借金のことは黙っていたんだ。

「あの……パルレさんの借金ってどれくらいなんですか？」

「さすがにそこまでは知らないわ。でも、結構思い詰めた表情をしてたかも」

「借金の相手は分かりますか？」

「それならアードリゲ伯爵よ。貧乏人相手には、あの人くらいしかお金を貸してくれないからね」

アードリゲ伯爵……聞いたことあるぞ。あまり評判の良くない貴族だ。

その人からお金を借りたのか……なんか嫌な予感がする。

「すみません、アードリゲ伯爵のお屋敷ってどこか分かりますか？」

「そりゃ、有名だから場所くらいは知っているけど」

「教えてください！」

「ええっ、あなたお屋敷に行くつもり？」

僕の勘だけど、恐らくパルレさんには返すお金はないと思う。

先日パルレさんの家にお邪魔させてもらったとき、余分な蓄えがあるようにはとても見えなかったからだ。

きっと、全額お父さんの治療費に使ってしまったはずだ。

借金がいくらなのか分からないけど、僕なら多分肩代わりしてあげられる。

パルレさんがそれを気にするなら、あとからゆっくり僕にお金を返してくれればいい。

アードリゲ伯爵と違って、僕は気長に返済を待ってあげられるし。

「ユーリ、助けてあげたいんでしょ？」

「僕にできることがあるならね。リノごめん、今日は活動はお休みにする」

「私も一緒に行くわ！」

「だめだ、嫌な予感がするんだ。僕だけで行く」

リノを残し、受付のお姉さんからアードリゲ伯爵邸の場所を聞いて、僕はそこに向かった。


「誰だ、お前は⁉」

「パルレさんのお借りしたお金を持ってきました！」

アードリゲ伯爵邸に着くと、当たり前のように門番の衛士に止められた。

お金を持ってきたと言いつつも、手持ちは金貨二百五十枚ほど。これで足りるだろうか？

一刻も早く助けないと大変だと思ったから、アイテムの売却とかしてこなかったんだよね。もう少し時間があれば、金貨千枚以上用意できたと思うんだけど……

とりあえず、その手持ちから門番にいくらかの金貨を渡す。袖の下を握らせないと、このままじゃラチが明かないと思ったからだ。

思った通り、賄賂《わいろ》で簡単に門番は落ちた。

「いいか、伯爵様に会わせるだけだぞ」

「分かってます、会って少しお話しするだけですから」

衛士に案内された場所は、屋敷の中央付近にある豪華な部屋で、戸を開けると、パルレさんが床に額を付けて必死に謝っているところだった。

部屋はかなりの広さがあり、パルレさんの前には髪の薄い小太りの男――恐らくアードリゲ伯爵と、そして部屋の隅には大柄で屈強そうな男が待機していた。

多分、伯爵のボディガードだと思う。

「なんじゃ貴様は？」

「ユ、ユーリさん⁉」

一応、衛士はノックをしてから戸を開けたが、いきなり僕が現れて、パルレさんも伯爵もビックリしている。

パルレさんにとっては少々バツの悪い姿を僕に見られたかもしれないが、今はそんなことを言っていられる状況ではないだろう。

「突然来て申し訳ありませんアードリゲ伯爵様。パルレさんのお借りしているお金ですが、僕が肩代わりいたします」

「お前が？　お前のような小僧に払える金額ではないぞ」

「そうです、ユーリさんにこれ以上ご迷惑はおかけできません」

「大丈夫ですパルレさん、お金はあとでお返ししてくれればそれでいいので。伯爵様、不足分はおいくらなのでしょうか？」

「ふん、金貨七百枚じゃ！　どうじゃ、払えんだろ？」

七百枚か、良かった。

手持ちは足りないけど、それくらいなら、持っている魔道具の価値で充分おつりが来るほどだ。

これでパルレさんを助けられる。

「伯爵様、実は今手持ちを切らしておりまして、金貨で全額はお支払いできませんが、足りない分は見合うだけの魔道具を進呈いたします。金貨二百五十枚と、この『炎の剣』ではいかがでしょう？」

「ほ、ほ、『炎の剣』じゃと⁉」

「ユーリさん、そんな貴重な武器を、私なんかのために渡してはダメです！」

いや、コレはまた作れる。

『炎の剣』の価値は軽く金貨五百枚は超えるだろうから、金貨二百五十枚と合わせれば問題ないはず。

「ぬぬ……いや、それではまだ足りぬな」

「ええっ？　『炎の剣』ですよ⁉」

「ワシが足りぬと言ったら足りぬのじゃ。文句があるなら、換金してからもう一度ここにやって来るがよい」

一度外に出たらダメだ。

屋敷に入るのに今度は多額の賄賂を要求されそうだし、それに、そもそも入れてくれないかもしれない。

こっちは足元を見られている状態なので、時間を与えれば、状況はさらに悪化するだけだ。ここで一気に決着を付けないと。

『炎の剣』で足りないなら……

「では伯爵様、このアイテムボックスと、エクスポーションや治療薬もお渡しいたします」

これも金貨数百枚の価値はあるはずだ。

ここまで渡せば、さすがに……

「おおおっ、この大きさのアイテムボックスを持っておるとは！　……いやいや、それでも足りぬ。金貨七百枚耳を揃えて返さぬ限り、どんなアイテムでもワシは納得せぬぞ。何せこのパルレには、値が付けられないほどの価値があるからのう」

伯爵が下卑《げび》た目でパルレさんをなめ回すように見る。

そうか！　借金のカタに、パルレさんの身体を汚そうという魂胆だったのか……！

いくら僕の提示するアイテムが高価だとはいえ、伯爵はお金には困っていない。

パルレさんの身体を自由にできることに比べたら、この程度の交換条件じゃ首を縦に振ってくれないのか。

今さらながら、お金を作っておかなかったことが悔やまれる。

魔道具を換金すればいつでも稼げると思って、手持ちを気にしてなかったんだよね。いざというときのために、やはりお金は持っておくべきだった。

アイテムではなく、きっちり金貨七百枚を渡せば、伯爵に付け入る隙を与えなかったのに……

「では、このアイテムもお付けいたします」

僕は手持ちアイテム全部のほか、即席で魔道具を作って伯爵に渡す。しかしＭＰが足りず、急ごしらえでは高価な魔道具が作れない。

それでも、全部合わせた価値は金貨千三百枚を軽く超えるはずだ。いや、二千枚以上の価値はあると思っている。

が、これでもダメなのか……？

「小僧、お前ただ者ではないな。これほどの魔道具を持ったヤツなど見たこともないわ……おい！」

ん？　なんか伯爵の様子がおかしい。

何かの合図を出すと、部屋の奥から数人の男たちが現れた。

その外見から察するに、恐らくこの男たちも用心棒なのだろう。『精密鑑定』スキルで解析してみると、最初から部屋に待機していた大男がレベル83、あとから湧いてきた男たちがレベル70そこそこ。

大男がリーダーで、ほかのヤツらはその部下といったところか。冒険者で言うとSSランクとSランク相当の強さだな。

いきなり集めて何をする気だ？

「この小僧を始末しろ。あまり部屋は汚すなよ。死体はいつも通りにしておけ」

どういうことだ？　用心棒たちの殺気が一気に膨れあがる。

まさか、僕を殺す気なのか？

「こんなところに一人で来おってからに、馬鹿じゃのう。お前のそのアイテムは、全部ワシが頂く。お前はここで死ね。お前のような小僧、ここで消えても誰も探してなどくれぬぞ」

「伯爵様、いったい何をされるおつもりで？　ユーリさんには関係ありません、私を好きにしてください」

「くくっ、たとえいくら払おうとも、元々お前を帰すつもりなどなかったわい。借金など関係ない。ここで一生お前はワシの性奴隷になるのじゃ」

この伯爵……仮に金貨七百枚を返したとしても、パルレさんを手籠めにするつもりだったのか。

道理で何かおかしいと思った。あれほど高価なアイテムを並べたのに、一切納得してくれなかったもんな。

「借金漬けにして自由を奪い、ワシの言いなりにさせるつもりだったが、まさか返済の目処《めど》があったとはな。しかも、計画のためにせっかくあの親父を病気にしたのに、それも治ってしまうとは……」

「待て、パルレさんの父親を病気にしたのはアンタなのか？」

「その通りじゃ。わざわざ時間をかけて面倒くさい計画を進めてきたが、もうどうでもいいわ。小僧は邪魔じゃ。お前を殺して、パルレを一生奴隷として飼ってやるわい」

なるほど、パルレさんの父親が患っていた黒腐肺炎は非常に珍しい病気だ。

どこで魔毒素に感染したんだろうと疑問に思っていたけど、この伯爵の仕業だったということか。合点がいった。

要するに、最初からまともに取り合う気なんてなかったんだな。

なんだ、それならそうと早く言ってくれればいいのに。なんとか穏便に済まそうと、正攻法でやっちゃったよ。

「まあそういうわけだ小僧。こんなところに一人で来た迂闊《うかつ》さを呪うんだな」

周りの用心棒たちが剣を抜いた。

先ほどまで僕はありったけの魔道具を並べ、伯爵からの不平にも必死に頭を下げ、価値としては返済額に充分足りているのに、伯爵に首を縦に振ってもらえないもどかしさに結構イライラ来ていたんだよね。

いい加減腹に据えかねていたところだったけど、それでも立場の弱いこっちとしてはひたすら下手に出るしかなかったわけで、僕から暴れるようなことはしたくなかった。

それがこんな展開になってくれたなんて、まさに渡りに船。

こっちとしてもめちゃくちゃ望むところだ！

「伯爵、そして用心棒の皆さん。先ほどの言葉を返すようですが、たったこれだけの人数で僕と戦おうとした迂闊さを後悔してくださいね」

「なに馬鹿なこと言ってんだこのガキ？」

「この状況で勝てると思ってるのか？　死ね！」

広い部屋とはいえ、この人数で戦うには窮屈すぎる空間で、男たちは僕を取り囲んで一気に斬りかかってきた。

僕は剣を差し出してしまったから、何も持っていない。その上、周りを囲まれては一切逃げることもできない。

が、しかし、僕は男たちの攻撃を最小限の動きで避けながら、男の持つ剣を奪い取り、その剣であっという間に全員やっつけた。

「なああっ？　なんじゃ、これはいったいどういうことじゃ!?　ワシの最強の護衛たちがあ〜っ！」

確かに、Sランクの護衛をこんなに集められるなんて、個人ではなかなか難しいだろう。さすが金持ち伯爵ってところだ。

まああともう一人、護衛は残っているようだけどね。

その最後の一人――待機していた後ろの大男が、ゆっくりとこっちに近付いてきた。

「ガオナー、もはや手加減することないぞ。この小僧をバラバラにしてやれ！」

「ククッ、任せておけって。ナメたガキにはオシオキしねえとな」

ガオナーという用心棒が剣を抜く。

一見してパワータイプの戦士と思っていたけど、ガオナーはその大きなガタイに似合わず、綺麗な剣線を描いて僕の首を斬りに来た。

スピードもかなり速い。ＳＳランク相当の力はあると思ってはいたが、これは想定以上の手練《てだ》れだ。

しかし、僕はそれを軽く躱す。

「ん？　少しナメすぎたか？」

ガオナーがさらに剣を振り回し、僕の首を落とそうとする。が、僕の『幽鬼』スキルは、この程度の攻撃ではカスリもしない。

「こいつっ！　なるほど、そう簡単なヤツじゃあねえってことか」

ガオナーは最初、手っ取り早く僕の首だけ綺麗に狩ろうとしていたようだが、それが難しいと分かると一気に手数を増やし、強引な力押しの攻撃に変化した。

僕を斬り刻もうと、かなり上位の剣術技まで使ってきているが、もちろんまるで僕には当たらない。

「クソッ、なんて逃げるのが上手いガキだ！」

「ガオナーさん、今やめれば許しますが、これ以上かかってくるならこっちにも考えがありますよ」

「てめえっ、生意気なこと言ってんじゃねえっ！」

ガオナーは攻撃をやめない。

仕方ない。忠告はした。さっきのSランクたちとは違って、SSランクの男を大人しくさせるのは少々骨が折れる。

なので、申し訳ないけど手荒なことをさせてもらうよ。

僕は剣を持つガオナーの手を斬り落とした。

「ぐおおおおおおおおおおおっ！」

戦闘の傷は回復魔法である程度は治るが、身体欠損——斬り落とされた手は元には戻らない。

可哀想だが、これで用心棒は廃業だな。

「な、なんじゃこの小僧は!?　ええいもう誰でもよい、こやつを斬り殺せっ！」

伯爵の命令であちこちから衛士が集まってきたが、ところ狭しと倒れているSランク用心棒と、そして腕から血を噴き出しながら転げ回るガオナーを見て、全員怖じ気づいて僕に近付いてすら来ない。

「伯爵様、どうやらだいぶ悪事をしてきたようですが、その報《むく》いを受けるときが来ましたね。このことは役所に訴えます。僕を力ずくで黙らせようというなら、ここにいる皆さんの手も斬り落としますが、いかがなさいますか？」

僕の言葉を聞いて、周りの衛士たちがいっせいに自分の手を押さえて後ろに下がった。

伯爵の前を守っていた衛士も消え、薄毛の中年男が無防備にさらけ出される。

「お、お前たちっ、この小僧を殺せと言っておるんじゃ、なんとかせいっ！」

「なるほど……全然懲りないようですね。では伯爵様の手を斬り落としますけど、いいですか？」

「ひっ、ひいいいいいっ、よせ、分かった、ワシの負けじゃ、斬らんでくれえっ」

「ようやく降参しましたね。では僕らはこれで帰ります。あ、そうだ、用心棒さんの腕の治療に、エクスポーションを一つ差し上げますよ。お大事に」

僕はエクスポーションを一つだけ残し、並べてあった魔道具を全部引き上げて、パルレさんと屋敷を出た。


伯爵邸を出たその足で僕たちは役所に行き、今回のアードリゲ伯爵の悪事を全てぶちまけた。

僕はガオナーたちに暴力を振るっちゃったけど、あれは完全に正当防衛だ。借金のことも、そもその原因——パルレさんの父親の病気——が伯爵の謀略《ぼうりゃく》だったから、返す義務もない。

「死体はいつも通りにしておけ」なんてことも言っていたし、用心棒たちのあの手際の良さからも、普段からあんな強引なことばかりしていたんだろう。

パルレさんを性奴隷にしようとしたり、僕を殺そうとしたりして、本当はもっと懲らしめたいところだけど、僕個人の力ではさすがにどうにもならない。

まさか伯爵を殺すわけにもいかないしなあ……手首くらいは斬ってやりたかったけどね。まあアードリゲ伯爵の評判はかなり悪いし、調べれば色々と悪事の証拠も出てくるはず。

余罪はたくさん有りそうだから、あとのことは役所の判断に任せよう。

「助けていただいて本当にありがとうございます。ユーリさんにはもはやなんとお礼を言っていいのか……」

「いいんですよ、パルレさんがあんな卑怯な男の毒牙にかからなくて本当に良かったです」

「こんなにお世話になってしまって、どれほどご恩をお返しすればいいのか……ユーリさんさえ嫌でなければ、一生私に、その、お世話を……ごにょごにょ」

「気にしないでください。これからもギルドでよろしくお願いいたします」

「そ、そうじゃなくて、私ユーリさんのこと……いえ、なんでもありません」

それにしても、あのガオナーはなかなか強敵だったと思うけど、何もスキルが出てこなかったな。

まあこの前『回避』とか『体術』が出ちゃったというのもあるけど。

一発くらい攻撃を喰らっておけば良かったか。でも、結構パワーがありそうだったからなあ。

あんまり余裕のある状況じゃなかったし、あれはあれで仕方ない。

スキルゲットはまた次の機会に期待しよう。

第三章　迫り来る魔の手

1．王都の危機

翌月となり、また今月分の経験値——今回は2億7000万近い経験値を神様からもらった。

もらえる経験値は2億も限界じゃなかった。この調子なら、来月の5億超えもそのままもらえそうだ。

10億まで行けるか？　毎月10億経験値なんて、とんでもないことだぞ。

いや、それ以上にもらえる可能性もあるわけで、いったい限界はどこなのか、楽しみは尽きないな。今さらながら神様、騙しちゃって本当にスミマセン。

しかし、2億超えは凄いなー。

1億経験値があれば世界最強クラスになれると言われているから、僕は経験値的にはすでに最強になっていてもおかしくないんだよね。

ただ、まだ基礎スキルが揃ってないのが問題だ。弱点を突かれたら簡単にやられちゃう。

この状態では、まだまだ最強には遠いかな。

そして、女神様からのスキルは、Sランクの『剣身一体』というものだった。

これは剣と身体が一体化することにより、剣での戦闘力が大幅に上がるスキルらしい。ただし、時間制限があり、そして発動中は魔法が使えなくなるとのこと。

一時的に魔法が使用不可になるのは結構痛いデメリットだけど、戦士や剣士は元々魔法を使える人が少ない。

僕も今のところ魔法は習得してないので、使えなくても問題ない。今後はどうなるか分からないけどね。

この『剣身一体』を経験値100万で取得する。

試しに能力を発動してみると、剣と僕自身が一体となり、まるで剣先まで神経が到達したかのような錯覚に襲われた。

上位剣術スキル『斬鬼』と併用してみると、少し剣を振っただけでも稲妻のような斬撃だ。

レベル1でこの効果かあ……凄いな。

とりあえず、今のところは『斬鬼』、『幽鬼』スキル同様、レベル1で保留しておこう。

ちなみに、現在約3億2000万経験値を持っているけど、実はコレで自身のベースレベルを300まで上げることも可能だ。

まあでも、100のままにしている。

今はベースレベルを上げるよりも、レアスキルの取得や、基礎スキルなどのレベルアップのほうが重要と考えているからだ。

今後場合によっては、突然何かのスキルレベルを上げる必要が出てくるかもしれない。そのときに、経験値のストックがないと対応ができなくなる。

ということで、必要に応じていつでも経験値が使えるように、3億2000万経験値はストックしておくことにした。

焦らずとも、ベースレベルはいつでも上げられるしね。

『装備強化』と『魔道具作製』スキルに関しても、現状無理して上げるほどでもないし、女神様から凄いスキルが出たときに備えるためにも、極力無駄遣いは控えよう。

今日も普段通り、リノと一緒に冒険者ギルドへ。

先日はパルレさんのことで色々あったが、伯爵騒動も無事収束して、パルレさんは以前通りの元気な姿で働いている。

あのあと伯爵邸は色々と調べられ、元々悪い噂が多かったこともあり、悪事の証拠はぞろぞろと簡単に出てきたらしい。

伯爵邸からは行方不明となっていた女性も見つかったとか。どうやら座敷牢に囚われていたようだ。

敷地内の土中から死体も見つかり、もはや言い逃れはできない状況だ。

伯爵は爵位剥奪のうえ、重い罪で裁かれるようで、多分貴族への復帰は絶望的だろうと思う。

仕返ししてくる心配もなさそうなので、一安心といったところだ。

ちなみに、手持ちのお金を作らなかったことを反省して、魔道具を売ってお金を増やしておいた。

今回の件で、お金の重要さが身に染みたよ。いざというときに頼りになるのは、やっぱりお金だ。

いくらあっても困ることはない。

ということで、今後何かあっても、そう簡単に不安にならない程度には稼いでおいた。

『魔道具作製』スキルに感謝だ。

「あ、ユーリさん、今日は指名で特別依頼が入っていますよ」

リノとフロアを歩いていると、パルレさんにいきなり呼ばれたから受付に行ってみる。

指名で依頼されるなんて珍しいな。初めてのことだ。

いったい僕たちになんの仕事なんだろう？

パルレさんから依頼の詳細を聞いてみたら、合同チームでのモンスター討伐に参加してもらいたいとのことだった。

最近エーアスト王都の近くで、行商人や旅人たちがモンスターに襲われるという事件が発生していて、そのモンスターがかなりの強敵らしい。

それで、各ギルドから精鋭を集めて、討伐チームを作ることになったとのこと。

僕とリノのチームは現在Aランクまで上がったけど、ここのギルドでは一応最上位なんだよね。

まあ僕たち以外にロクな人材がいないということなんだけどさ。優秀な冒険者は、こんな場末のギルドに所属するわけないので。

ちなみに、僕個人はAランクで、リノはまだBランクなんだけど、チームとしてAランク評価になっている。

それにしても、ほかのクラスメイトたちはとっくにSランク以上になっているはずで、僕なんかに召集をかけなくたって、彼らに頼めばまったく問題ないと思うんだけど？

「それがですね、ユーリさん世代の中でも優秀と言われている方たちは、全員今回の依頼を断っているんですよ」

「ええっ？　何故ですか？」

「理由はまったく分かりません。とにかく、誰も受けてくれなかったので、このギルドにまで召集がかけられたということです」

なんでだ？

あれほど強いヤツらだ。まさか怖じ気づいて依頼を断ったなんてことはないだろうし……

『勇者』のメジェールたちも断ったのか？　まあ彼らは特別な存在なので、別の仕事で忙しいのかもしれないけど。

そうだ、そもそもクラスメイト以外にだって、優秀な冒険者はたくさんいる。

ここのギルドにはSランク以上は在籍してないけど、ほかのギルドには、SランクどころかSS

ランクの人もそこそこいるはずで、彼らを召集すればいいのに。

わざわざAランクの僕を召集する意味ってなんだ？

「実は最近、このエーアスト王都からSSランクの冒険者が次々といなくなっているんですよ。このギルドにはSSランクがいないので、あまり話題にはなってませんでしたが」

「えっ、そんなことになってるんですか？　全然知りませんでした」

「ひょっとしたら他国のギルドに移籍したのかもしれませんが、何も届け出をしてないらしいんですよね。しばらく顔を見ないと思ったら、いつの間にかSSランクたちの所在が分からなくなっていたようです」

クラスメイトたちは依頼を断ったと言うし、SSランクはいなくなっているらしいし、いったい何が起こっているんだ？

この国エーアストでは現在SSSランクの冒険者は活動してないから、SSランクが消えたとなると、残りはSランク以下の冒険者しか残ってない。

こんな状況じゃ、この場末のギルドにまで召集がかかるのも分かる気がする。

「そういうわけで、各ギルドからSランク相当を召集するということになりまして、うちのギルドにはSランクがいないので、ユーリさんたちに声がかかったということです。もちろん、召集を拒否することもできますが、いかがなさいますか？」

「うーん……ちょっと気になることもありますので、僕は参加することにします。リノはどうする？」

「もちろん、ユーリと一緒に行くわ」

「じゃあ、僕たち二人で参加します」

「分かりました。ではそのようにお伝えしておきます。明日の朝、全員揃ってから馬車で出発いたしますので、八時に正門にいらしてください」

とりあえず、現状を知りたいため参加することにした。

この状況はたまたまの偶然にしてはおかしすぎるから、何か周りで異変が起こっている気がする。

先日会ったゴミルシたちが、僕の想像以上に強くなっていたという違和感が、ふと頭をよぎった。

◇◇◇

翌日、集合場所にリノと行ってみると、すでにほかのメンバーは集まっていた。

数えてみると、僕たち二人を入れて総勢十八人。これで全員なのだろうか？

「遅いぞ君たち。新人なんだから最低三十分前には着いておきたまえ」

「あ、スミマセン、以後気を付けます。あの……これで全員なのでしょうか？」

「そうだ、君たちが最後だぞ。ちなみに、君たち以外は四人パーティーで、四チーム集まっている。君たち入れて計五チームだ」

あちこちのギルドに召集をかけたという割には、集まったパーティーが少ないな。

そうか、参加パーティーが少なかったから、Aランクの僕たちにまで声がかかったんだ。

まさかと思うけど、この人たちも全員Aランクなのかな？　とりあえず挨拶してみるか。

「初めまして、僕たちはAランクパーティーのユーリとリノと申します。今日はよろしくお願いいたします」

「なんだ、君たちはまだAランクなのか？　噂の世代にしては昇級が遅いな。オレはユスティー。Sランクパーティーのリーダーだ」

「俺はドルーク。俺たちのパーティーもSランクだ。ちなみに、君たち以外は全員Sランクで、ここにいるヤツらは何度か合同で活動したことがある顔見知りばかりだな」

「私はソキウスという。Sランク以上の上位冒険者は数が少ないからね。必然的に活動が被るから、みんな知った仲間なんだよ」

「オレはキャマラードだ。まあよろしく頼むぜ」

良かった、各チームのリーダーが挨拶してくれたけど、その仲間のメンバーも含めて、いい人そうな人たちばかりだ。

あの場末のギルドには、ロクな冒険者がいなかったからね。大人数の合同討伐で、もしも仲間割れとかになったら嫌だなあと心配していたんだ。

「今回はなかなか強敵だという噂で、召集を断ったチームが続出したらしい。なので、オレたち十八人しか集まらなかったようだが、なぁに心配するな、このユスティー様に任せておけ」

「へっ、相変わらずお調子者で自信家だなお前は。その割には、未だSランクのようだが？」

「うるへーっ、もう少しでSSランクに上がれそうなんだよ！　もう少し待ちやがれ！」

「まあSランクがこれだけ集まりゃ、たとえ強敵でも簡単にゃあやられんと思うがな」

それぞれのパーティーのリーダーたちが、僕とリノを安心させるように言葉をかけてくれる。

なるほど、『精密鑑定』スキルで解析してみたら、ほかのみんなはレベル70そこそこという感じだけど、このユスティーという人はレベル78で頭一つ抜けている。

今回の討伐チームのリーダーってところだな。

「あの……今回のモンスターの正体は分かってるんですか？」

俺が尋ねると、まずユスティーさんが答えた。

「いや、今まで生存者がいないから詳細は分からないが、襲われたという行商人の護衛が、Sランクの冒険者チームだったんだ。計六人いたらしいが、あっさりやられてる」

続いて、ドルークさん。

「しかも、遺体はかなり酷い状態だったらしい。それに、どうも敵は一匹じゃないようなんだ」

最後にソキウスさんが口を開いた。

「現場には複数のモンスターの痕跡が残っていたとか。まあ数も多かったようだが、それだけじゃSランクの冒険者が六人もやられたりしない。恐らく強敵がいると考えていいだろう」

なるほど……

確かに、雑魚モンスターがいくら集まっても、そう易々《やすやす》とSランクはやられない。最低一匹以上の手強いヤツがいるってことか。

Sランク六人がやられているんじゃ、召集を嫌がるのも理解できる。ひょっとしたら、SSランクでも手に負えない相手だという可能性もあるしね。

せめて正体が分かっていれば、参加するチームも増えたんだろうけど……

あ、そうだ、それで訊きたいことがあったんだ。

「そういえば、僕たちの同世代冒険者が今回の召集を断ったらしいのですが、詳細を知ってますか？」

僕は疑問に思っていたことをみんなに訊いてみる。

だが、返ってきたのは想像もしていなかった答えだった。

「いや？　オレは何も聞いてないな。そもそも君たちの同級生世代は、もうギルドに顔すら出してないぞ」

「おお、そうだな。うちのギルドでも、最強世代だと鳴り物入りで入ってきたヤツらは、最近じゃまったくギルドには来てないいな」

「うちもだ。最初こそ、華々しく活躍して話題になっていたが、いつの間にか見かけなくなってたよ」

「うちのところは、地味な能力のヤツらは今でも来ているようだが、いわゆる対魔王軍戦力なんて呼ばれてる凄いヤツらは、かなり前から一切来なくなってる」

ユスティーさん、ドルークさん、ソキウスさん、キャマラードさんが順に発言する。

なんだって⁉　そんなバカな……！

じゃあゴミルシたちは、いったいどこで活動してあれほど成長したっていうんだ？

「こう言っちゃなんだが、対魔王軍世代なんて大げさに騒がれて、プレッシャーに負けちゃったんじゃないか？」

「あり得るな。あれだけ特別扱いされたら、逆に活動しづらくなるってもんだろ」

ドルークさん、キャマラードさんが神妙な表情で言った。

いや、そんなナイーブなメンタルじゃなかったぞアイツらは。我先に魔王を倒して英雄になってやるってくらい負けん気強かったし。

これはもう気のせいじゃない。間違いなく何かが起こっている。

そうだ、ＳＳランク冒険者が次々に消えているという噂も、クラスメイトたちと無関係とは思えない。

それをまたユスティーさんに質問してみると……

「なに、ＳＳランクたちが行方不明だって？　ああ、そのことなら知ってるぜ。何せ依頼が出てたからな」

「依頼がですか？」

「おう、誰か調査してくれないかってことだったが、オレたちのチームは捜索や情報収集は専門外なんでな」

僕の行っているギルドには、そんな依頼は出てなかったな。

受付のパルレさんも、そんなこと一言も言ってなかったし。

「うちのところにも依頼は来てたが、誰も受けてないようだ。並の冒険者には少々手に余る案件だしな」

このドルークさんの言葉に、ソキウスさんが「ああ」と頷いた。

「消えたSSランクの行方調査だからな。もし襲われていたのだとしたら、せめて同ランク冒険者でないと、請け負うのは難しいだろう」

続いて、キャマラードさんが顎に手を当てながら発言する。

「そのSSランクが全員いなくなっちまったんじゃな。事態が大きくなれば、王国所属の諜報機関——隠密部隊とかが動くかもしれないが……」

ふと思ったけど、ひょっとしてクラスメイトたちが内密に動いている可能性もあるのかな。

だから、各ギルドからクラスメイトたちの姿が消えたとか？

「私の聞いたところでは、『勇者』たちがその調査に乗り出したという噂が出ているが、それはどうなのであろう？」

「えっ、『勇者』のパーティーが⁉　本当ですか、ソキウスさん？」

「ふむ、確かめたわけではないが、『勇者』たちが依頼を受けたという話は耳に挟んだ。『勇者』たちと面識のあるヤツがギルドにいて、そやつがチラと話しているのを聞いただけだがな」

メジェールたちが調査依頼を受けた？　充分にあり得る話だ。

今回のこの召集に来なかったのも、その仕事で忙しいからなのかもしれない。

「まあSSランクを襲えるヤツなんてそうはいないだろうし、杞憂《きゆう》だと思うけどな」

「同感だ。何かの仕事でいっせいに他国に移動しているか、もしくは姿を隠しているのであろう」

ユスティーさんの言葉にソキウスさんが頷いた。

Sランクの人たちはみんなそれほど心配はしてないようだった。

確かに、仕事のために冒険者が移動するのはおかしくないけど、ギルドに届け出もしないで消息不明になるなんて変だ。

何かの内密の依頼で、SSランクたちが隠れている可能性はゼロじゃないけど……やっぱり納得できない。

一応、各国の冒険者ギルドで互いに情報を共有しているから、仮にSSランクたちが他国に移れば、元のギルドにもデータが届くことになっている。

その連絡がギルドに来てないってことは、消えたSSランクたちは、まだどこの国にも着いてないってことだ。

このエーアスト内でただ隠れているだけならいいんだけど……

「よし、じゃあそろそろ行くぞ！」

僕は不安を覚えながら、合同討伐に出発した。

◇◇◇

僕たち十八人は、馬車三台に分乗して目的地へと移動する。御者《ぎょしゃ》は、馬車の扱いに慣れた人が担当した。

さすがにSランクともなると馬車を借りて移動することも多いらしく、各チームに一人くらいは馬車を操作できる人がいるらしい。

御者を雇っちゃうほうが楽みたいだけどね。今回は馬車を待機させておく必要があるため、自分たちでやることにしたとか。

昼前には当該地区近辺に到着したので、そこで下車して討伐対象の探索を開始した。

何組かの被害者がいるので、モンスターは一度ならず数度出没しているはず。恐らくこの辺りをうろついているとは思うんだけど……

もちろん、ここを通る人が必ず襲われているというわけじゃないから、モンスターの行動範囲はそれなりに広いんだろう。

数日間ここで活動できる程度の食料などは持ってきているけど、果たしてその間に出会えるかな。


「ユーリ、ちょっと休憩してお弁当食べようよ」

まだ探索開始して一時間ほどしか経ってないけど、リノが昼食を希望してきた。

実は初めての外泊遠征任務ということで、リノのテンションが高いんだよね。久しぶりにお弁当まで作ってきちゃうし。

相手はかなり危険なモンスターと想定されているのに、リノにはまるで緊張感がないんだよなあ。どうも僕の強さを過信している感じがする。

いくら僕でも、無敵ってわけじゃないんですよ？　まあでも、妙に浮かれちゃっているリノは可愛いと思うけどさ。

すると、乗り合わせていた冒険者の一人が囃《はや》し立ててくる。

「おいおい、なんだ、お前たちデキてるのか？」

「いえ、そういうわけじゃないんですが……」

「色男、せっかく彼女が作ってきてくれたんだから食べてやれ。オレたちのことは気にしなくていいぜ」

「彼女だって！　どうするユーリ？　うふふ♪」

なんかもうリノはご機嫌だな。完全にピクニック気分だ。

みんなはお弁当を勧めてくれるけど、なんかこういう状況で食べるのは申し訳ない気がしちゃって……

「ユーリ、みんながいいって言ってくれてるんだから食べよ！」

「あ、ああ、じゃあすみません皆さん、お先にいただきます」

リノがアイテムボックスを開いてお弁当を出した。

「うおおおっ、なんだその大きさのアイテムボックスは⁉　お前たちそんな凄いの持ってるのか？」

冒険者の男性が驚きの声を上げる。

あ、アイテムボックスのことは秘密にしようと思っていたんだけど、うっかり使うところを見られちゃった。

リノに言い忘れちゃったからなあ。まあいっか。

「それにその弁当、めっちゃ美味そうだな。ちくしょー羨ましいぜ」

別の冒険者が妬ましげにそう言った。

いえ、見た目に反して、実はあまり美味しくないんですけどね。リノは美味しそうに食べるけど。

早速僕も口に入れてみたけど、やっぱり変な味だった。

まあ栄養は満点という感じなので、ありがたくいただきました。

お弁当を食べ終え、またモンスター探索を開始する。

ほかのみんなは、携帯食をかじりながらも警戒を怠らない。さすがにSランクの猛者《もさ》たち、こういう任務は慣れっこという感じだ。

僕ら世代が強すぎてSランクの価値が分かりづらいけど、彼らはもの凄い優秀な冒険者だからね。よほどの才能がない限り、まずSランクまで上がれないし。

僕は神様からもらう大量の経験値で戦闘力は高いけど、冒険者としての経験は全然足りない。何かと知らないことばかりなので、彼らから色々学びたいところだ。

「きゃっ、イタッ……！　やだ、すりむいちゃった」

リノがうっかり躓《つまず》いて転んでしまった。

その拍子に、膝をちょっと怪我してしまったようだ。

「あーん、ヒリヒリする～」

「痛いのかリノ？」

「うん、ちょっとね。こういうとき、回復魔法がないと困っちゃうね」

確かに、僕らは二人とも回復魔法を持ってないからなあ。

リノは魔道士だけど、魔道士になると、回復が使える『神聖魔法』を覚えづらくなっちゃうんだよね。

スキルには方向性があって、たとえば戦士や剣士系のスキルを伸ばせば、弓術や魔術系のスキルは付きづらい。

弓術を伸ばそうと思ったら、弓使いか狩人になる必要がある。そうなると、今度は剣術系が伸びなくなる。

もちろん、なんでもできちゃうオールマイティーな才能の人もいるけど、通常はなんらかの職業に特化していく。

魔道士になると、神官系の才能は伸びなくなる。逆もまたしかり。『賢者』の称号を持っている人は別だけどね。

ちなみに、『大賢者』の称号を持っているテツルギは、魔法全般なんでもござれだ。

僕は女神様のおかげで方向性関係なくスキルを取得できるので、将来的にかなり多才な能力を身に付けられるとは思うんだけど。

ついそんなことを考えていたら、隣にいた冒険者が声をかけてきた。

「おい、まさかお前たち、ポーションも持ってないのか？」

「あ、もちろん持ってます！」

かすり傷と思ったから、うっかり治療を忘れちゃったけど、リノは女の子だもんね。

ちゃんと治してあげないと。

僕はアイテムボックスからエクスポーションを取り出して、リノの傷口にかけてあげる。

「お……お前までそんな大きなアイテムボックス持っているのか？　それに、こんな小さな傷にエクスポーション？　いくらなんでも、もったいなさすぎるだろ！」

「あ、ポーションとハイポーションは持ってないんですよ」

「どおおおなってんだお前の価値観は!?」

僕の持つ『魔道具作製』スキルでは、低ランクのポーションが作れないんだよね。レベル1で作れる一番簡単なのがエクスポーションだから。

『調合』スキルなら、ポーションやハイポーションが作れるんだけど。

上位スキルは下位スキルの完全互換というわけじゃなく、それぞれのスキルに担当分野があるような感じだ。

そういった意味では、『魔道具作製』スキルも多少不便ではあるかも？　いや、それは贅沢を言いすぎか。

気を取り直した冒険者が、僕たちの装備を見ながら口を開く。

「そういやうっかり見逃してたが、お前たちのその装備もちょっと普通じゃないな。新米冒険者が揃えられるようなレベルじゃないぞ」

うわ、さすがSランク。見ただけで僕たちの装備の良さも分かっちゃうのか。

僕たちのやりとりを見ていたユスティーさんが、近くに寄って話しかけてきた。

「アイテムボックスといいエクスポーションといいその装備といい、君たち、そんなにお金持ってるのか？」

「えっと、たまたまというか、一応これでも最強世代の一員なので」

「最強世代の一員といっても、君の同級生たちがもうギルドに来てないことも知らなかったようだが？　同級生とはあまり交流してないのかい？」

「まあその……僕の能力は平凡なので、優秀なクラスメイトたちとは、これといった接点がないんですよ」

「うーむ、平凡なのにAランクか……さすが最強世代だな」

ユスティーさんに感心されてしまった。

つい平凡なんて言っちゃったけど、場合によっては嫌味と取られかねない言葉だったな。

ユスティーさんがいい人で良かった。発言にはもっと気を付けよう。


結局、今日一日探索し続けたけど、問題のモンスターには出会えなかった。

日も落ちてきたから、僕たちは野営の準備をして夕食を食べる。

「ねえユーリ、今夜私たち一緒のテントで寝るんだよね？」

「大丈夫、ちゃんと二人分のテント持ってきてるから、リノとは別に寝るよ」

「ええっ、二人分持ってきちゃったの？　こうなったら無理矢理中に入ってごにょごにょ……」

モンスターに寝込みを襲われないよう、テントの入り口はもちろんガッチリ防御しておいた。

一応、Sランク冒険者の皆さんが、一晩中交代で見張りをしてくれるんだけどね。

僕もお手伝いしようかと思ったんだけど、Sランクのパーティーが四チームもいるということで充分手は足りているらしい。

それよりも、明日に備えて睡眠をとってほしいと言われたから、今回は甘えさせてもらうことにした。

夜中、どうもリノが寝ぼけていたらしく、僕のテントに必死に入ろうとしていたようだけど、気にしないで寝た。

◇◇◇

翌日。

昨日と同じようにみんなで周りを探索する。

一応この辺りは他国間を行き来するときの通常ルートなので、元々モンスターはあまり棲息していない。

だからこそ、幾度となく襲われるというのは異常事態で、なんとか早期解決しないといけないわけだが、未だそれらしい様子は見当たらない。

まだあと数日は滞在できる用意はしてあるが、精神的な疲労も重なるし、あまり長居はしたくないな。

謎のモンスターの強さも気になるけど、被害状況的にドラゴンや巨人族の仕業というわけではないな。

いようだし、さすがにSランクをこれだけ集めればなんとかなると思う。

行商人のSランク護衛を六人惨殺したらしいけど、今回は三倍の十八人いるからね。

常識的に考えて、こんな普通の道にそこまで強いモンスターは現れないはず。

まあそうなると、逆にどんなモンスターが襲ってきたのかが不思議なところではあるんだけど。


携帯食で昼食をとり、午後もひたすら周りの様子に注視していると、遠方の森を窺っていたキャマラードさんが突然声を上げた。

「おいっ、何かが森から出てきてこっちに近付いてるぞ！」

キャマラードさんは『探知』と『遠見』のスキルを持っているので、真っ先に異変を見つけることができたようだ。

実際、僕にはまだ何も見えない状態だ。言われてみれば、何か黒い点が動いているようにも見える。

「何アレ!?　馬に乗ってる変な騎士たちがたくさんいるよ！　先頭にいる騎士なんて、頭がないんだけど!?」

「えっ、リノはアレが見えるの!?」

「おいおいお嬢ちゃん、オレでもそこまでは見えないぞ。いったいどんな視力してんだ？」

キャマラードさんがリノに驚いている。

確かにリノは『探知』スキルを持っていた。今『精密鑑定』スキルで解析したら、いつの間にか『遠見』のスキルまで持っていた。

リノって魔道士だろ？　なんでこんなスキルばっかり習得しているんだ？

それに、ベテランのキャマラードさんよりも上だなんて、いくらなんでも視力が良すぎる。どうなってんだ？

そのとき、キャマラードさんの表情が急にこわばった。

「ちょっと待て、お嬢ちゃん今『頭がない騎士』って言ったか？」

「え？　う、うん、頭のない騎士が、頭のない馬に乗って走ってるよ」

「大変だ、デュラハンだ！　なんでこんなところにデュラハンが？」

デュラハンだって？

確かアンデッドの一種で、死霊馬に乗って人を襲う首なし騎士だ。

かつて死んだ戦場とかを彷徨《さまよ》っていることが多いらしいが、あまり積極的には人間を襲ってこないはず。

それが、わざわざほかのモンスターを率いてまで、王都近くの旅人を襲いに来るのか？

「わわっ、後ろを走ってる騎士もなんか変よ？　全身真っ黒で大っきな剣を持ってるし、その後ろにいるのは、全身甲冑《かっちゅう》だけどその隙間からなんにも中身が見えない。まるで甲冑だけが勝手に動いてるみたい」

「なんだって？　そりゃ多分ヘルナイトとファントムアーマーだ」

「こりゃ想定以上なんてもんじゃないぞ。果たしてこの人数で対処できるかどうか……」

探索のため散っていたメンバーたちが、敵を迎え撃つため全員集まってくる。

その間にも、デュラハンたちは猛スピードで馬を走らせ、こちらにどんどん迫ってきていた。

すでに僕にも視認できるほどの距離になり、激突するのももはや時間の問題となっている。

先頭を走るデュラハンが乗っているのは、一段と巨大な死霊馬だ。そして追随している黒い騎士――ヘルナイトは六騎いて、その後ろを十騎ほどのファントムアーマーが追っている。

数としてはほぼこちらと互角だ。

実は僕は、このデュラハンたちがどれくらい強いのかを知らない。ユスティーさんたちが相当焦っているところを見ると、結構きわどい状況なんだと思う。

「待て……あいつデュラハンじゃない、デュラハンロードだ！」

冒険者の一人が叫んだ。

デュラハンロード？

多分デュラハンの上位種だと思うが、僕の全然知らないモンスターだ。

この事実を知って、周りの冒険者たちが一斉に騒ぎだす。

「こりゃ無理だ、Sランクのオレたちじゃ絶対勝てないっ」

「大変なことになった。こんなヤツがエーアスト近辺をうろついていたなんて、一大事だ」

「デュラハンロードだけじゃない、ヘルナイトたちもこんなにいては、エーアスト中のSランクを集めないと倒すのは不可能だぞ」

「ちくしょう、SSランクたちがいればなんとかなるはずなのに……こんなときにエーアストから消えてるなんて最悪だぜ」

「噂の対魔王軍世代もアテにならないしな。だがこれが相手なら、王国の騎士団も動いてくれるはずだ」

「そのためにも、なんとか帰ってこのことを報告せねば……」

みんながいっせいに待機している馬車のもとに走っていく。

しかし、敵は馬に乗っている。馬車ではとても逃げ切れないだろう。

ここで倒さないとダメなのでは？

「みんな、ここはオレが食い止める！　その間に、馬車で一刻も早くエーアストに帰って、大規模討伐隊を組むんだ！」

「ユスティー、お前……死ぬぞ！」

その無謀な決断にドルークさんが叫んだが、ユスティーさんはニヤリと笑って返す。

「へっ、かもな。だがオレがいる限り、ヤツらをここから一歩も先には行かせない。だから絶対に応援を連れてきてくれよ！」

「分かった……お前のことは忘れないぜ」

「おいおい、まるで死ぬのが決まってるような言い方じゃないか。オレは生き残ってみせるぜ」

「そうだな、お前は死なない。ヤツらを全員倒したら、お前はSSランクに昇格だ。そしたら一緒に酒で祝おうぜ」

「ははっ、そのときは奢れよ！」

「ああ、約束だ。お前も絶対守れよ」

ユスティーさんだけを残し、ドルークさん、ソキウスさん、キャマラードさん、そしてほかのメンバーたち全員が馬車へと駆け込む。

ユスティーさんはそれを満足そうに見つめたあと、目の前に迫ったデュラハンロードたちへと向き直った。

「よぉし、お前たち全員このオレが相手だ！　命の続く限り、全力で必殺技を撃ちまくってやる！　オレは簡単には死なないぜ、さあかかってきやがれ！」

んーどうしよう。

なんか凄く熱い展開を見せられちゃって、僕は何も言えなくなってしまった。

だって、とても口を挟めるような雰囲気じゃなかったから……

これ、僕が倒しちゃってもいいんだよね？　向こうの強さは分からないけど、まあ多分勝てるでしょ。

こっちには対アンデッドの秘密兵器もあるし。

「ねえ、ユーリは逃げないの？」

「えっと、応援呼ぶより、倒しちゃったほうがいいんじゃないかと思ってさ」

こんな状況なのに、リノも全然危機感ないな。

まあ今まで僕が散々強敵モンスターを倒しているところを見ているしなあ。

僕が負けるなんて、きっと微塵《みじん》も思ってないんだろうな。

「き、君たち、ま、まだいたの？　何故逃げないんだ、は、早く逃げたまえ！」

僕がユスティーさんの隣に立つと、安定しない口調で諭《さと》された。

「あのう……ここで食い止めるよりも、倒しちゃったほうがいいですよね？」

「なに馬鹿なこと言ってるんだ、勝ち目なんてあるわけないだろ！」

いやまあ、ドラゴンが来たというならともかく、あの相手ならなんとかなりそうな気がする。

僕の戦闘相手としては、アンデッド騎士とか最高に相性が良さそうなんだよね。僕は『炎の剣』を持っているし。

アンデッドは炎に弱い。そう、この『炎の剣』こそ、対アンデッドの秘密兵器なのだ。

「とりあえず、倒しちゃいますね」

「あっ、ちょっと待て……」

僕は『剣身一体』を発動してデュラハンロードたちに突っ込んでいった。

剣と一体化した僕の攻撃は凄《すさ》まじく、強力な『斬鬼』スキルの効果もあり、片っ端からアンデッド騎士たちの急所を斬っていく。

「おおおっ、こ、これはっ、なんという猛烈な剣技だ！　ただ者じゃないぞこの強さは⁉　おい、みんな来てみろっ！」

ユスティーさんが馬車にいる仲間たちに呼びかける。

僕はその声を聞きながら、突進してくるアンデッド騎士を一撃必殺で斬り捨てると、返す刀でまた次のアンデッドを叩き斬る。

『炎の剣』の追加爆炎も強烈で、まるで爆発したかのように燃え上がっていく。

そしてもちろん、敵からの攻撃は『幽鬼』スキルで軽く躱す。

「と……とんでもない戦闘力だぜ。最強世代ってのは、平凡なヤツですらこの強さなのか⁉」

「しかも、ありゃあ『炎の剣』だ！　帝国に保管されているって話だったが、それじゃないよな？」

「いや、帝国のじゃない、こんな爆炎を放つ『炎の剣』なんて聞いたことねーよ。間違いなく迷宮最下層クラスの逸品だぞ」

こっちの異変に気付いて、馬車の中にいた冒険者たちが戻ってきたようだ。僕の戦闘を見て驚愕の声を発するのがここまで聞こえてくる。

後ろでみんながどよめいている中、僕は群がるアンデッドたちをスルスルとすり抜け、次々と紅蓮の炎を立ち上らせていった。

「あの強力なアンデッドたちが瞬く間に破壊されていく……まるで夢を見ているようだ」

「英雄……彼はきっと英雄になるだろう。オレたちはその誕生の瞬間を見ている」

「英雄世代か……」

アンデッド騎士とはやはり戦闘の相性は良かった。

ということで、僕の容赦のない攻撃で、あっという間に全滅させました。

戦いを終えて後ろを振り返ってみると、ユスティーさんたちが呆然と立ち尽くしていた。

リノは何故か顔を真っ赤にして悶《もだ》えながら、ぐるぐると地面をのたうち回っているし。

快感すぎていっちゃいそうとかなんとか言っているような気が……どこに行くんだろ？

◇◇◇

「オレたちが間違っていたようだ。君たち対魔王軍世代の実力はよく分かった。ほかの同級生たちが来なかったのは、この程度のモンスター相手に割く時間がなかったということだな」

「ありがとう、君はエーアストを救った英雄だ」

ユスティーさんたち全員に囲まれて、一人一人と僕は握手していった。

いや、同級生たちが来なかった理由がそれなのかは知らないけど、まあモンスター討伐が無事解決して何よりだ。

「ユーリ君、これからもよろしく頼むよ」

僕たちは馬車に乗り、エーアストへの帰路に就く。

ちなみに、戦闘の相性が良すぎて楽勝だったから、新しいスキルはまた出てきませんでした。

残念。

2.『勇者』チームと共同作戦

「ユーリ、なんでこんなところに来たの？」

「ちょっと用事があってね」

僕はデュラハンロードたちの討伐を終えたあと、『勇者』チームのことが気になって、噂を聞いたというソキウスさんが所属する冒険者ギルドまで来てみた。

何か手掛かりがあるかもしれないと思ったからだ。

リノはここに来るのを嫌がっていたから、僕一人で行ってくるよと言ったんだけど、結局付いてきちゃったんだよね。

多分リノは、クラスメイトたちに会いたくないんだろう。まあトラブルの元だからね。

ただ、ソキウスさんやユスティーさんから聞いた話では、すでにクラスメイトたちはギルドには顔を出してないということだったけど。なので、級友と顔を合わせる心配はほぼないはずだ。

ちなみに、このギルドは王都でも中央寄りにあるので、所属している冒険者もかなり多いらしい。

建物も巨大で、僕が所属しているギルドのオンボロ小屋とは比ぶべくもない立派な作りだ。

僕はその手入れの行き届いた扉をゆっくりと開けて、ギルドの中へと入る……

「それじゃあね、帰ってきたらまた報告に来るわ！　あっ、ごめんなさ……ユ、ユーリ、ユーリじゃないの⁉」

扉を開けた途端、ちょうど僕にぶつかるように出てきたのは、なんとメジェールだった！

偶然にしても凄いタイミングだ。まさか、情報を聞こうと思ったその場所で、いきなり出会うことができるなんて！

僕とメジェールは『生命譲渡《サクリファイス》』で繋がった運命の相手とも言えるので、それが何か関係しているのかな？

いや、考えすぎか。本当にたまたまなんだろう。

しかし、来てすぐに目的が達成できたのは幸運だった。

「久しぶりだねメジェール、元気だった？」

「まあね、見ての通りよ。アンタこそ、卒業後どこに行ってたのよ！　全然足取りが掴めなかったんだけど？　この前アンタの家にまで行ったけど、お母さんもアンタの居場所を知らないって話じゃない！」

え、僕の家まで来たの？　そりゃ悪いことしちゃったな。

たまに実家には帰っていたけど、住んでいる部屋やギルドのことは両親にも伝えてないから、僕の現状を知っているのはリノだけなんだよね。

ちなみに、ギルドに問い合わせても個人情報は教えてくれない。暗殺などの犯罪に利用されては困るからだ。

誰にも内緒だったけど、メジェールになら教えても良かったかもなあ。

でもなんでメジェールは僕の実家になんか行ったんだろ？

「僕の家に行っただなんて、何か僕に用事があったのかい？」

「まあね、ちょっと伝えたいことがあったんだけど、アンタの居場所が分からなくて諦めてたところよ」

「ゴメンねメジェール。誰にも知られず、ひっそりと活動がしたかったんだ。で、伝えたいことって何かな？」

「待って！　誰にも知られずなんて言ってるけど、リノが一緒にいるじゃない。どういうことなのよ？　まずはそれを説明して！」

僕の後ろに立っていたリノに気付いて、メジェールがちょっと不機嫌になる。

ああ、リノにだけ教えていると思われちゃったのか。

「リノにも教えてなかったんだけど、たまたまギルドで一緒になってね。それでパーティーを組んだんだ」

「へえええええええ、たまたま一緒？　ふーんそうなんだ～。……リノ、久しぶりね」

「あはは、メジェールさんお久しぶりです」

リノがどことなく縮こまって、恐縮しながら再会の挨拶をする。

割と怖いもの知らずのリノだけど、どうもメジェールは苦手なタイプなのかな。

学校にいるときから、メジェールを前にすると緊張していたっけ。

「それでメジェール、さっきの話なんだけど……」

「あ～それはまたあとでいいわ。これでアンタの居場所が分かったし、帰ってきてから改めてアンタのところに行くわ」

「帰ってきてから？　ってことはどこかに行くのかい？」

「ちょっとね、今やってる仕事のため、明日ある場所に行かなくちゃならないの。それで、その前にここにいる知り合いに挨拶に来たんだけど、そしたらユーリとばったり会ったというわけ。今日会えてホント良かったわ」

『勇者』チームがSSランク失踪事件を調査しているって噂だけど、仕事ってそれのことかな。

僕は気になっていたことを聞いてみる。

「仕事って、SSランクの冒険者たちが行方不明のこと？」

「あら、知ってたのね。詳細は言えないけど、その黒幕が分かりそうなのよ」

黒幕だって⁉

ということは、やっぱりただの失踪じゃなかったんだ！

何か危険な予感がする……

「その黒幕の場所には、メジェールたちだけで行くのかい？」

「そうよ。一応ほかのクラスメイトにも応援を頼もうかと思ったけど、みんなどこにいるのか分からなかったのよ」

メジェールでもみんなのことが分からないのか。

いったいどうなっているんだ？

「元々この仕事も、誰も受ける人がいなかったからアタシが受けたんだけど、どうもおかしいのよねえ」

「危険だ、明日行くのは考え直したほうがいい」

「分かってるけど、もう手はずが整っちゃってるし、今さら変えられないわよ」

『精密鑑定』スキルで解析してみたところ、メジェールのベースレベルは81だ。

レベル的には少々物足りないが、『勇者』には強力なユニークスキルがあるし、基礎ステータスも非常に高い。

学校を卒業した時点ですでにSSランクに近い実力はあったことを考えると、今はSSSランクに到達するほどの強さになっていると思う。

イザヤたちもかなり成長しているはずだし、通常ならまず負けることなんて考えられないが、何せSSランクたちが全員いなくなるような事件だ。

メジェールたち『勇者』チームだって餌食になる可能性があるぞ。

あと一年……いや半年もすれば、メジェールに敵うヤツなんてそうはいなくなると思うが、今はまだ時間が足らない。

「ならその場所に僕も一緒に行きたいから、メンバーに入れてくれないか？」

僕はダメ元で頼んでみる。

いざとなればこっそり付いていくけど、できれば行動を共にしたいところ。

「ユーリが来てくれるの⁉　それは願ってもないことよ！　アンタがいれば百人力だわ！」

「え、僕が行ってもいいの？」

自分から頼んでおいてなんだけど、こんなにあっさりＯＫをもらえるとは思ってなかったよ。

「当たり前よ！　ホントは来てほしいと思ってたけど、一応危険な任務だから誘うのをためらっていたの」

ってことは、メジェールの用事って僕を誘うことだったのかな？

でも帰ってきてからもう一度来るって言っていたっけ。任務が終了してから来ても意味ないよなあ。

まあよく分からないけど、メンバーに入れてくれるなら良かった。

「待ってユーリ、私も行く！」

「えっ、いや、リノは危険だから来ないほうがいいよ」

「絶対に行く！　ユーリと私は一緒のチームなんだから！」

うーん……今回はリノはやめておいたほうがいいと思うけど、言い出したら聞かない子だからなあ。

「いいわよ、リノも付いてらっしゃい。その代わり、かなり危険な任務だから、気を引き締めて取りかかってね」

「ありがとうメジェールさん」

「リノってば、いい加減『さん』付けはやめてよ！　メジェールでいいわよ」

「え？　じゃ、じゃあメジェール……明日はよろしくお願いします」

「こちらこそ。明日の朝出発するから準備しておいてね。うちのメンバーにはアタシから話しておくわ」

メジェールから待ち合わせの時間と場所を聞き、僕たちは別れた。

よし、今日一日でなんとか必要な準備を整えないと！

◇◇◇

翌朝。

指定通りの待ち合わせ場所に僕とリノが行ってみると、すでにメジェールのほか、卒業以来会う『剣聖』イザヤと『大賢者』テツルギ、そして『聖女』スミリスが待っていた。

「ふん、一応時間通りだが、待ち合わせには三十分前に着いておくものだと誰かに教わってないのか？　これだから協調性のないヤツは……」

「あ、すまないイザヤ、昨日準備にかけずり回ったせいで、疲れて起きるのが遅れちゃって……」

先日も待ち合わせのことで注意されたばかりだった。

けど、みんなと久々に会う緊張感もあって、上手く眠れなかったんだよね。リノも寝坊したみたいだし。

「メジェールがどうしてもって言うから、仕方なく同行を許可したけど、正直君たちには何も期待していない。オレたちの邪魔さえしなけりゃそれでいい」

「いやイザヤ、ユーリの強さは……」

メジェールが何か言いかけたところで、僕が小さく首を横に振る。それを見てメジェールは口をつぐんだ。

僕の強さのことは、イザヤたちには内緒にしてもらう約束をしたんだ。もちろん、リノにも口に出さないように注意してある。

今までの経験上、強さがバレるとロクなことがないからね。試しに実力を見てやるから勝負しろ、とか言ってくる気がするし。

「ユーリよ、確かにこっちは人手が欲しかったところだけど、お前じゃこの任務は力不足だぞ。万が一があっても俺たちは責任取れないが、それでもいいのか？」

「ああ、それで問題ないよ。気遣ってくれてありがとうテツルギ」

「リノちゃん、ユーリ君とパーティー組んでいたんだね。全然見かけなかったから、クラスのみんなも心配してたよ」

スミリスがリノに近付いてきて話しかける。

「えへへ、街外れのギルドに入ったから、みんなと活動場所とかが違ったみたいで」

「そんなギルドに所属したんだ？　ひょっとしてユーリ君に無理矢理誘われたの？」

「ち、違うよ、ギルドに行ったらたまたまユーリと会ったから、一緒に入っただけ。ね、ユーリ？」

「え？　ああそうだよ。僕は落ちこぼれだったから、みんなと違うギルドでひっそりと活動したかったんだ」

「二人とも、今日の任務は気を付けてね。ホントに死んじゃうかもしれないからね」

「ありがとうスミリス、リノのことは僕が守るから大丈夫」

という僕の言葉を聞いたスミリスは、不安を隠せないような表情をしていた。

まあ、学校時代の僕のダメッぷりを思えば当然の心配だよね。でもリノのほうは、僕のセリフを聞いて超ご機嫌な様子だ。

メジェールもこのやりとりを見ていたようだけど、なんかちょっと不機嫌な感じ？　に見える。

僕らが油断しているように見えちゃったかな？

ちなみに、イザヤたちはみんなレベル80近くになっていた。

強者を解析するときは細かい情報が見れないので、正確な強さは分からないけど、高いステータスや強力なユニークスキルを考えれば、SSランク最上位級の力を持っているはずだ。

メジェールの力も合わせれば、大抵の敵には勝てると思うけど……


「それじゃあ出発するぞ。みんな馬車に乗ってくれ」

一番大柄なテツルギが御者となり、馬車を出発させた。

凄いな、もう『御者』のスキルを習得しちゃったんだな。

依頼であちこち移動するために取ったんだろうけど、さすがSSSランク称号者、いろんな才能持っているなあ。

僕とリノが加わったため、馬車は少し窮屈だったけど、無事道中を走ることができた。

そして、エーアスト王都を出て四時間後……

近辺に町や村のない辺境に、その施設はあった。

高さは七、八メートルってところで、幅七十メートルほど、奥行きは百メートル以上ありそうなかなり巨大な建物ではあるが、森林に囲まれているので、少々近付いたくらいでは発見できないだろう。

いかにも怪しいといった様相だ。

メジェールたちが調べた情報では、この施設にSSランク冒険者が二組ほど依頼で呼び出された痕跡があったという。

内密の依頼だったらしく、正規の記録が残っていないのだが、『勇者』チームの特権を使って嗅ぎ付けることができたようだ。

このほか、王都を出発後、この施設の方向にSSランクたちが向かったという目撃情報もあり、特に何もないような場所に上位冒険者がなんの用事があるのだろう、と不審に思った人もいたとか。

なるほど、確かにSSランク失踪の黒幕が、この施設に関係している可能性は高い。

しかし、どうも静かすぎる施設だなあ。

いくら木々に隠れているとはいえ、見張りくらいはいてもおかしくないんだけど、そんな気配は見当たらない。

すでに人が引き払ったあとなんだろうか。

それでも、何かしらの証拠が残されているかもしれないので、調べる価値はあるだろうけど。

「このままここにいてもラチが明かないな。少々危険だが、中に入ろう」

メジェールたち『勇者』チームはイザヤがリーダーなようで、ほとんどの決断はイザヤが下している。

メジェールは少し短気なところがあるからな。この中ではイザヤは冷静さも判断力もあるし、まあ妥当なところだろう。

ただ、イザヤは人の言うことを聞かないという欠点があるけどね。

自分が全て正しいと思っているからなあ……まあ悪いヤツではないんだけど。


僕たちは辺りを窺った後、注意しながら施設の中に侵入する。

入り口は数カ所あるようだけど、建物の周りは何も存在せず隠れようがないので、どこから入ろうとそれほど違いはない。

見張りがいるなら、すでに僕たちは見つかっているだろうしね。

中は一階建てで、通路の両側に扉が並んでいる。

ざっと見たところ、奥まで片側二十部屋くらいあるのかな？　真ん中に十字路があって、そこから左右にも行けるようになっている。

今のところ、建物の中にも人の気配は感じない。

目的がよく分からない建物だけど、兵の訓練施設とかに似ている気がするな。この辺りは居住区で、どこかに広い訓練部屋が存在しているような雰囲気だ。

とりあえず、二階がないのはありがたいかな。かなり広いから、もしあったら調べるのが大変だったよ。

これだけ広いとみんなで手分けしたいところだけど、さすがにそれは危険だからなあ。

「ねえユーリ、ここ怖い……どこからか分からないけど、人の気配がいっぱいするよ」

「えっ、リノは何か感じるの？」

僕にはまったく分からない。

そういえばリノって、『気配感知』と『探知』スキルを持っていたっけ。

いや、それがあるにしても、感度が高すぎるような……

「リノにも分かるのか？　実はオレも、なんとなく人の気配は感じていたんだ」

「アタシもここは無人ではないっていうのは感じたけど、人数が多いことまでは分からなかったわ。

凄い能力を持ってるのね、リノ」

リノの持つ気配感知能力がメジェールやイザヤよりも上だなんて、ちょっとビックリだ。

みんなと違って僕はまだ『気配感知』を持ってないので、どうも気配には鈍感らしい。

この手の任務をいくつか経験すれば、多分スキルが発現すると思うんだけど……

僕は戦闘能力は大きく強化してあるけど、ほかの部分はまだまだ未熟なんだなと改めて実感した。

今後しっかり補強していかないとな。

リノが言うには、気配はたくさん感じるけどこの辺りではないらしいので、左右に並んでいる小部屋には人はいないのだろう。


僕たちはイザヤとメジェールを先頭に、施設内を慎重に進んでいく。

建物内の右側の部屋を調べ終え、特に不審な部分が見当たらなかったので次は左側に移ろうとしたところ、先頭のイザヤが突然大声で叫んだ。

「しまった、みんな気を付け……」

「ユーリ危ないっ！」

「えっ⁉」

リノが僕に抱きつくように飛び込み、その勢いで僕たちは床に倒れ込んだ。

僕が元立っていたその場所を、数本の矢が風切り音を立てて通過していく。

これは……トラップがあったのか！

イザヤがそのスイッチを踏んでしまったから、咄嗟《とっさ》に注意しようと叫んだんだ。

迷宮では当然の罠だけど、ここは建物だし、僕たちは人の気配に注意しすぎて、うっかりトラップのことを失念してしまった。

大失態ではあるが、みんなまだ経験が浅いため、誰も責めることはできない。

ガコンッ！

………………………え？

「うわあああああ〜っ」

「きゃあああっ！」

なんと、僕とリノが倒れていた場所に、さらに落とし穴があったのだ！

矢を避けたことで安心してしまい、その落とし穴に気付くことができなかった。

まずい、僕もリノも『飛翔《フライ》』が使えない！

「ユーリ！　リノ〜っ！」

僕らを呼ぶメジェールの声を聞きながら、僕とリノは暗闇へと落下していった。

◇◇◇

「いたたた、リノ、大丈夫かい？」

「私は平気。二人とも無事で良かったね」

落とし穴の深さはそれほどでもなく、多分二十メートルほどだ。

この程度なら僕はほとんどダメージを受けないので、空中で上手くリノを抱えて着地できた。二人分の体重がかかったので、ちょっと足にダメージはあったけどね。

穴底に針山でも仕掛けてあったら僕たちは死んでいたかもしれないから、これくらいのダメージで済んでラッキーだ。

落とし穴のふたはすぐに閉まっちゃったようで、上から僕たちを追ってくる様子はなかった。

一度罠が作動したら、しばらくは停止したままなんだろう。上からの助けは期待できないな。

しかし、今回僕はいいとこなしだな。出発前に「リノのことは僕が守る」なんて言ったクセに、逆に救われてしまった。最近僕は自分の強さに慢心していたようで、ちょっと反省しないとダメだ。

危険探知能力が低い僕は、不意打ちにも弱いことが分かった。これほど強化しておきながら、危うく弓矢一発で死んじゃうところだったよ。

それにしても、なんでリノは罠のことが分かったんだ？

僕が無事だったのは、リノが飛び込んでくれたおかげだ。

「ありがとう。リノのおかげで助かったよ。ところで、リノはさっきの罠を感知してたの？」

「ううん、ただカチッていう変な音がしたから、そっちを見たら矢が飛んできて……」

音？　僕には全然聞こえなかったぞ⁉

リノの聴力は凄いなあ。

デュラハンロード討伐のときもリノはとんでもない視力を発揮したし、ひょっとして五感が鋭いのかも？

しかし、思いがけずメジェールたちとは別行動になってしまった。

これでは何かあったときメジェールたちを守れない。僕たちのことを心配しているだろうし、早めに合流しないと。

ただ、また罠があったら大変だから、これまで以上に慎重に進んでいかないとなあ。

トウカッズの『迷宮適性』があれば、罠探知できるのに……

この前ちょっとスキルを馬鹿にしちゃったけど、『迷宮適性』は充分素晴らしいスキルだった。トウカッズすまぬ。

僕らはトラップに注意しながら、上に戻る方法を探す。

この落とし穴はただの穴ではなく、地下通路に続いていた。なので、このまま進めば上に出られる場所へ着くかもしれない。

壁には少ないながらも明かりが灯され、道幅も十メートルほどあるので、特に苦労なく進んでいく。

しばらくすると、またリノが何かを察知した。

「ユーリ大変っ、凄い大勢の人間がこっちに来るよ！」

「なんだって⁉」

それは上にいたときに感知した気配の元か！

建物内に人の気配がなかったけど、それは地下にいたからだったのか！

ってことは、最初から地下で僕らを襲うために待っていたってこと？

「ククク、やはり生きていたか。間違って『勇者』を殺さないように、穴の底には何も置かなかったからな」

「誰だっ⁉」

男の声とともに現れたのは、それぞれが武器を持った百人ほどの戦闘員たちだった。

◇◇◇

「ユーリ！　リノ！　大変だわ、すぐユーリたちを助けに行かないと！」

落とし穴に落ちたユーリたちを追うため、メジェールは罠の作動スイッチを探す。

しかし、トラップの機能は停止してしまったようで、何をどうやっても再度穴が開くことはなかった。

「メジェール諦めるんだ、こういう事態になることは、彼らも充分覚悟して来ているはず」

「で、でもイザヤ……」

「先に行こう。ユーリたちが生きているなら、あとで合流できる可能性がある。ここでとどまっていても、状況は好転しないぞ。むしろ敵の思うつぼだ」

「……そうかもね。ユーリたちなら絶対生きているはず。二人の安全のためにも、この施設の全貌を曝《あば》いておかないと」

「その通りだ。別に広大な土地を探すわけじゃない。この施設内に、きっとなんらかのカギがあるはずだ」

「分かったわ。では二度と罠にかからないよう、慎重に進んでいきましょう」

メジェールはユーリたちの安否を気遣いながらも、自分の使命を果たそうとする。

建物内で未調査なのは、残りの左半分。

人の気配は確実に感じるし、そこでなんらかの手掛かりを得られるはずだ。

仮に別の落とし穴に落ちても、ユーリたちと合流できるかは分からない。そのため、わざわざ落とし穴を探すことなく、直線的に施設内を調査していくメジェールたち。

そして少し時間はかかってしまったが、ようやく一つの部屋を発見する。

そこは居住区と違って、扉も壁もひときわ丈夫に作られていた。恐らくだが、中で発生した衝撃を外に漏らさないようにするための措置が施されている。

そう、ユーリが兵の訓練施設に似ていると感じた通り、ここはある組織の訓練施設だった。

メジェールたちも、ここまでの調査途中で施設の目的は感じ取っていた。なので、想定通りの部屋を発見して、ここにきっとカギがあるだろうと目星を付ける。

「みんな、入るぞ。罠や攻撃に備えるんだ！」

あとに続く者たちに小声で警戒を促しながら、イザヤがゆっくり扉を開ける。

すると、二十メートル四方ほどの簡素な部屋――内壁を耐久強化された訓練部屋の奥に、一人の男が立っていた。

細身な体格で身長は百七十五センチほど、腰には片手用の長剣をぶら下げている。

盾は所持しておらず、防御力よりも動きやすさを重視したレザーアーマーを着けている。

つまり、斬り合いには絶対の自信があるのだろう。間違いなく腕に覚えがある剣士だ。

『剣聖』イザヤも、強力な剣技を最大限に活かすために盾を使用していないが、それでも万が一を考えてブレストプレートを着用している。

防御力に乏しいレザーアーマーなどでは、一撃で致命傷を喰らう可能性があるからだ。

この目の前の男は、絶対に斬られない自信でもあるのだろうか。

それにしても、『勇者』チームともあろう者たちが、この男の気配に気付けなかった。

壁越しとはいえ、気配を悟らせないのは相当手強い……とメジェールは警戒を強めるが、イザヤのほうはあまり気にしてない様子。

「ようこそ、『勇者』とその仲間の皆さん。お待ちしておりましたよ。そこの女性……あなたが『勇者』ですね」

「そうよ、知っててくれて光栄だわ」

男は品定めするように、頭のてっぺんから足の爪先までゆっくりとメジェールを見る。

「お前がここの管理者か？　オレたちの正体を知っているってことは、ここに来た理由も分かっているな？」

「当然です。あなたたちが来るように、わざと情報を流したのですから」

「なんですって⁉」

この男の言うように、ＳＳランク冒険者失踪事件の黒幕――邪悪なる組織は、『勇者』たちの動向を全て掴んでいた。

何故そんなことができたのかというと……一部のクラスメイトたちが、すでに悪に取り込まれてしまっていたからだ。

今回の調査においては、最初に各ギルドの上位冒険者に向けて依頼が行われ、その後最強世代と言われるクラスメイトたちに依頼が回された。

しかし、誰も受けようとしなかったため、最終的に『勇者』チームへと回ってくることに。

『勇者』チームが依頼を受けたことを知った組織は、仲間となったクラスメイトたちにその動向を探らせ、情報を巧みに流して誘導した。

対魔王軍戦力として共に学校時代を過ごしてきた級友が、いつの間にか悪に染められていたなどとは、まさかメジェールたちも思わない。

よって、『勇者』たちの行動は全て敵には筒抜けだった。

そして『勇者』たちだけでこの施設に来るように、上手く誘い込まれてしまったのである。

「なるほど、オレたちは罠にかけられてしまったようだが、しかし詰めが甘いんじゃないか？　お前一人でオレたち四人に勝つのは到底不可能だろう」

「くくく、エリートの驕《おご》りですな。自分たちが絶対に負けないと思っているとは……」

「一対一ならいざ知らず、四対一だ。オレたちが負ける理由がない。いや、言葉はもういい、今すぐそれを証明してやろう」

イザヤが宣言するとともに、『大賢者』テツルギと『聖女』スミリスが素早く呪文を詠唱し、用意していた魔法を撃ち放つ。

しかし、発動するはずの魔法はそこに現れなかった。

「何かおかしいわ、魔術言語《マギアロゴス》を紡《つむ》いでも、魔力の流れが起こらない!?」

「この部屋、まさか魔力の干渉が遮断されているのか!?」

「ご名答。あなたたちのために、特製の魔法抑制装置を設置しておきましたよ。なので、この部屋で魔法を使用するのは不可能です」

強力な魔法を持つ『大賢者』と『聖女』の力を封じるのは当然だ。

破壊力だけで言うなら、『大賢者』の魔法は『勇者』や『剣聖』を上回るのだから。

「……だめだ、やはり魔法は使えない！」

「アタシも……『勇者』の無詠唱魔法でもダメなのね」

「理解しましたか？　フフフ、確かに潜在能力は相当なものを感じますが、まだまだ青いですね。こちらの策略通りとはいえ、こうも素直に飛び込んでくるとは……」

メジェールやイザヤたちは、すでに多くの依頼をこなし、手強い魔物も葬《ほうむ》ってきたのだが、やはりまだまだ経験が足りなかった。

戦闘力はすでに一流だが、未熟さゆえに、あらゆる事態への想像力が欠けていたのだ。イザヤがうっかりトラップを踏んでしまったのもその一つだ。

だが、魔法を封じられたとはいえ、まだ『勇者』と『剣聖』の力は残っている。

どちらも世界トップクラスの実力者だ。二対一で仕掛けて倒せぬ相手はそうはいない。

「……認めよう、オレたちは少し任務を侮《あなど》っていた。人数が揃わなかったなら、潜入を延期すべきだった。今回の失策は反省し、今後の糧にしようと思う」

「素直で結構。では降伏するということでよろしいですか？」

「馬鹿を言うな、オレたちは負けたわけじゃない。想定通りとはいかなかったが、お前を倒して任務を完遂《かんすい》する」

「ほう……仕方ないですね。ではわたしも少し相手をさせていただきましょう」

「ではいくぞ！」

「お待ちなさい。わたしの腰の剣では、あなたたちを殺してしまうかもしれません。生かして捕らえるのがわたしの仕事ですので、手加減できる武器を使わせていただきましょう」

「なんだと⁉」

そう言うと、男は後方へ向かって歩き、壁にかけてあった訓練用の剣を掴む。

実戦用の高価な剣と違って少し重く、刃も丸く加工されている模擬剣だ。

それを持って戻り、改めてメジェール、イザヤと対峙する。

「その剣でオレたちと戦うつもりなのか⁉」

「その通りです。『勇者』の力を警戒していたので、この腰の剣——わたしの愛刀で戦う予定だったのですが、思っていたよりもあなたたちが弱いのでね。コレでは殺してしまいそうなのですよ」

「オレたちも舐められたものだな。言っておくが、二対一でやらせてもらう。万が一にも負けられないからな」

「当然です。一対一では勝負にならないでしょう。しかし、あなたは幸運ですよ。もし手に負えないほどあなたたちが手強ければ、『勇者』以外は始末する予定でしたから。『勇者』を手に入れるのが最優先でしたからね。弱いおかげで、あなたは生き残れるというわけです」

「くっ、コイツ……！」

「イザヤ、挑発に乗っちゃダメ！　相手がどんな剣を使おうとも、アタシたちは手加減せず全力で叩き潰すだけよ」

「元より、手加減などするつもりはない！　必殺の一撃ですぐ終わらせてやる！」

左右に少し距離を取ったイザヤとメジェールが、じりじりと敵との距離を詰めていく。

敵は剣士としてけっして恵まれた体格とは言えないが、剣の構えとしなやかな身のこなしから、相当な腕利きなのがメジェールたちにも伝わってくる。

「わたしは殺し屋『木魂《こだま》』と申します。お二人とも、どうぞ好きにかかってきてください」

コケにされた、と逆上したわけではないが、挑発を聞いたメジェールとイザヤは、同時に『木魂』と名乗った殺し屋へと斬りかかる。

二人が出したのは必殺剣だ。可能なら敵を生かして捕らえたいが、『大賢者』と『聖女』が封じ

られた以上、下手な手加減は敗戦に繋がる。

殺してしまっても構わないという覚悟の一撃だ。

その高速の斬撃が、左右から同時に『木魂』へと襲いかかる。

そしてまさに攻撃が決まる瞬間、メジェールとイザヤは激しく吹き飛ばされた。

「あぐうっ！」

「があぁっ！」

二人は訓練用の模擬剣で激しく斬りつけられたのだった。

「バ……バカな、二人同時攻撃だぞ!? 回避すら不可能のはずなのに！」

「まるで見えない反撃だったわ！ いったい何をされたの!?」

イザヤとメジェールは打たれた部分を押さえながら、敵の不可解な攻撃を考察する。

殺し屋『木魂』――その名前は、持っているレアスキルに由来する。

SSランクスキル『正当防衛《ジャスティスカウンター》』、その能力は、相手が先に手を出したときのみ、自分の剣速が超速となるものだった。

まるで音が木霊《こだま》するかのように、相手の攻撃に超反応して剣技を振るう。

そう、敵に先手を譲ることによって、剣速が究極に上がり、超速の反撃ができる無敵のカウンター技なのだ。

このスピードを最大限に活かすため、『木魂』は最小限の防具しか着けていなかった。

欠点は、自分から仕掛けるとスキルの恩恵を受けることができないこと。

つまり、どうしても受け身の戦闘となってしまう。

もし能力がバレれば、近距離では誰も攻撃してくれず、離れた距離から弓や魔法を使われてしまうだろう。

ゆえに、誰にも知られてはならない秘密の能力なのである。

「こいつ……なら、これならどうだ！」

「待ってイザヤ、一度離れて様子を……」

メジェールの忠告を聞かず、イザヤがもう一度『木魂』へと飛びかかる。

イザヤの悪いところだ。カッとなると、つい自分を見失ってしまう。

「遅い斬撃ですね。それっ！」

「がふううっ」

先ほどの二人同時攻撃と違って、イザヤ一人だけなら殺し屋は反撃にも余裕らしく、ブレストプレートで覆われていない部分——あばらの下部を狙いすまして模擬剣で薙ぎ払う。

あばらの砕ける感覚と全身に広がる衝撃で、イザヤは気を失った。

「イザヤっ！　待ってろ、今治療を……」

魔法を封じられているため、テツルギとスミリスはアイテムでイザヤを治療しようとする。

しかし、駆け寄ろうとした瞬間、電撃のように『木魂』が接近し、二人を叩き伏せた。

「ぐはっ」

「きゃあああっ」

「スミリス、テツルギっ⁉」

メジェールが戦況を立て直そうとした一瞬に、メンバー全員がやられてしまった。

こうなってしまっては、自分だけはもう絶対に負けるわけにはいかない。

「さぁて可愛い勇者さん、残るはあなた一人です。降参してもいいんですよ？　そうすれば、痛い目に遭わなくて済みます」

「誰が……！　『勇者』の力を見くびらないでよね！」

メジェールには、『勇者』のユニークスキル——現象がゆっくりに見える『思考加速《スロービジョン》』がある。

さっきはいきなりやられてしまったが、今度こそ攻撃を見極めてやる！

もう一度至近距離にて対峙し、相手の体勢を見て一気に仕掛けるメジェール。

必殺の距離だ、このタイミングで攻撃を仕掛けたなら、絶対に負けるわけがない。

しかし、自分が剣を振り出した瞬間、それに合わせるように相手の剣先が反応し、自分の剣速を遥かに上回るスピードで薙ぎ払ってきた。

『思考加速《スロービジョン》』ですら、かろうじて確認できるほどの超速だ。そして、剣を振り始めた体勢だけに、相手の剣を躱せない。

「あぐううっ」

自分の剣が相手に届くことなく、メジェールの身体は打ち払われる。

やはりイザヤと同じように、防具のない部分——腹部を狙い打ちされた。訓練用の模擬剣でなければ、真っ二つに切断されていたところだ。

少し手加減もされていたようで、メジェールは意識を失うことはなかった。

『木魂』との戦闘は、距離を取って戦えば充分勝機はあったが、経験不足のため、相手の土俵で勝負をするというミスを犯してしまった。

いくら『勇者』チームといっても、活動を始めてまだ数ヶ月の新米だ。至らない部分があっても仕方がない。

倒れて動けないメジェールに、殺し屋『木魂』がゆっくりと接近していく。

「『勇者』のあなたには、万が一にも死んでもらっては困りますからね。だいぶ手加減してあげましたよ」

「ふん、何を考えているか知らないけど、アタシを殺しておいたほうがいいんじゃなくて？　次に会ったら絶対にアンタを殺すわよ」

「いいえ、あなたは我らの仲間になるのです。『勇者』さえ我が軍に引き入れれば、我らの勝利は決まりますからね」

「いったいなんのこと？」

「すぐに分かりますよ。今回『勇者』以外はオマケでしたが、『剣聖』たちもさぞや我らのために活躍してくれることでしょう」

『木魂』は、舌なめずりをしながら倒れているイザヤたちを見回す。

もう仕事は完了した。あとは死なないよう注意しながら、『勇者』を気絶させるだけだ。

「ふーん、勇者の力が欲しいってわけね。でも知らないようだから教えてあげるけど、アタシより
も強いヤツがいるわよ」

「ほほう、『勇者』よりも強い方がいると？　ならばお会いしたいものですねえ」

「もうすぐここに来るわ。そしてアンタを倒す」

メジェールはユーリが今どうなっているかを知らない。

あの落とし穴から脱出できたのかさえ分からない。

しかし、確信があった。ユーリは絶対に助けに来てくれると。

「ここに来る……？　ああ、そういえば落とし穴に落ちた方がいましたねえ。『勇者』が落ちたと
きに死なないよう、穴の底には何も仕掛けはしませんでしたが、あそこには百名の戦闘員を待機さ
せてあります」

「百人？」

「そうです。『勇者』が落ちたとき、力ずくで捕らえられるよう、屈強な者たちを用意しました。

『勇者』以外は容赦なく殺していいと言ってありますので、今頃はバラバラにされていることで
しょう」

「へーたった百人しか用意しなかったんだ？　じゃあ今頃そいつらは全滅しているわね」

「何を馬鹿なことを。あの百人には、あなたたち『勇者』チーム全員でも苦労しますよ？」

「分かってないわね。アンタが百人でかかっても勝てない男がいるのよ」

これはメジェールの強がりだ。だが、ユーリならそれくらい強くなっていてもおかしくないと信じている。

「くくっ、ただの妄想でしたか。そんな人間などいるわけありません。嘘つきの困った『勇者』さんですが、むしろ我々の仲間に相応しいと言えるでしょう。ではあなたにも眠っていただきましょうか……」

殺し屋『木魂』がゆっくりと剣を振り上げていく。

「メジェールっ！」

絶体絶命の瞬間、叫び声とともに飛び込んできたのは……ユーリだった！

◇◇◇

「メジェール、大丈夫だったかい⁉」

「もうっ、ユーリってば遅いんだから……絶対、絶対来るって信じてた」

「ごめんよメジェール。あとは任せて」

怪しげな気配を感じ、急いで部屋に入ってみると、そこには敵の前に倒れたメジェールがいた。

周りではイザヤたち三人も地に伏していて、ひょっとして殺されたのかと心配したけど、どうやら気を失っているだけのようだった。

一応、全員無事だったことに安堵する。

それにしても、メジェールたち『勇者』チームを、この男一人でやったというのか？

「……誰ですか!?」

「僕はこの『勇者』たちのクラスメイト、ユーリだ。みんなに何をした!?」

「ユーリ？　報告では聞いてませんね。いったいどうやってここまで来たのです？　戦闘員が向かったはずなんですが……？」

「ああ、百人くらい来たよ。適当に気絶させてやったけど、それがどうした？」

「ふーむ……どんな手を使ったのか知りませんが、戦闘員たちは役に立たなかったようですね。彼らにはあとで罰を受けてもらうとして、あなたにはここで死んでもらいましょう」

やはりコイツ一人でみんなをやったようだな。

それにしても、何をしたか聞いたのに答えてくれないなんてイヤなヤツだ。丁寧な口調にもどことなく腹が立つし……こういうの慇懃《いんぎん》無礼《ぶれい》っていうんだっけ？

『精密鑑定』スキルで解析してみると、なんとベースレベルは１０４だった！

レベル１００超えだと……！　ほかのデータはちょっと分からないが、なるほど相当手強いな。

しかし、ただ単純に強いだけでは、メジェールたちが簡単にやられるとは思えないんだけど。

何か謎の能力を持っているってことか。

「ユーリ、気を付けて！　コイツの剣技は何か変よ！」

「フフ、わたしにかかれば、『勇者』たちですらこのザマです。あなたを生かしておく必要はないので、この訓練用の剣ではなく、わたしの愛刀で殺してあげましょう」

そう言うと、男は手に持っていた剣を投げ捨て、腰の剣を抜いた。

訓練用の剣？　っていうと、斬れ味を悪くした模擬剣のことか。

なるほど、それを使っていたから、みんなは死なずに済んだんだな？

敵が使わないなら、僕に貸してもらえないかな？

「今捨てた剣、よかったら僕に貸してくれ」

「……なんですって？　コレは模擬剣ですよ、こんなものどうするつもりです？」

「いや、お前を生かして捕まえたいんだけど、手加減が分からなくてね。模擬剣なら殺さないで済むかなと」

「こっ、小僧っ、この『勇者』たちの有り様を見て、よくもそんなナメた口を……」

「貸してくれるの？　くれないの？」

敵が足で蹴飛ばして、僕に模擬剣を渡してくれた。

うん、コレなら結構思いっきり斬っても大丈夫かも。『炎の剣』なんて使ったら、絶対に死んじゃうだろうしね。

なかなか手強そうなだけに、下手に手加減するとどうなるか分からないし、この剣で全力を出させてもらおう。

「では小僧、これがお前の最期の時間だ。死ぬ前に好きなように攻撃してくるがよい」

あれ、さっきまで丁寧な口調だったのに、ちょっと言葉遣いが荒くなっているな。

訓練用の剣なんて使うから、プライドを傷付けちゃったかな？

「ユーリ、油断しないで！」

「分かっているよメジェール。じゃあいくけど、ホントに僕から攻撃しちゃっていいの？」

「クドい！　お前など、わたしから仕掛けるまでもないのだ。さっさと来いぐえぇえっ」

いいって言うから攻撃したけど、そのまま剣が当たっちゃったよ？

どういうことコレ？

クラスメイトには通常の攻撃なんか効かないヤツがいるから、てっきりこの男もその類《たぐ》いの能力かと思ったら、そういうわけでもなさそうだし……

自信満々に来いって言うから思いっきり攻撃しちゃったけど、なんでこの人そのまま喰らったんだろ？　何がしたかったのかサッパリ分からないな。

一応死んだら困るから装備で守られている部分を打ったんだけど、防御力の低いレザーアーマーだから、多分あばら全壊しちゃったんじゃないかな？

かなり重傷な気がするけど、これ僕は悪くないよね？

「こ……攻撃が速すぎる……わたしの『正当防衛《ジャスティスカウンター》』でも、まるで追いつかないほどの神速とは……うぅっ」

男が気絶した。よく分からないけど勝ったようだ。

「な……なんなのその強さ!?　っていうか、今の斬撃、アタシの『思考加速《スロービジョン》』でもまったく見えなかったわよ!?」

ああ、実はさっき落とし穴に落ちたとき、凄い人数に襲われちゃったから、ストックしてあった経験値で色々強化したんだよね。

レベル1だった『斬鬼』を経験値6000万使ってレベル3に、同じく6000万使って『幽鬼』をレベル3にしたんだ。

それと、『剣身一体』を経験値1億2600万使って一気にレベル7まで上げた。

おかげで剣技が格段にパワーアップして、百人ほどいた男たちもあっさり返り討ちにできたよ。

今の男もそれで簡単に倒せたんだろう。

今回、気配に鈍《にぶ》い僕はお荷物状態だったけど、最後に役に立てて良かった。

まあ経験値はごっそり減っちゃったけどね。

「ぷっ……やっぱりアンタ、アタシよりも遥かに強いじゃないの。アタシの目に狂いはなかったわね」

「たまたまだよ。メジェールだって、これからどんどん強くなるよ」

「ありがとう。……ユーリと一緒に任務ができて良かったわ。実はアタシ、近々エーアストを離れることになったの」

「えっ、いつ？」

「準備が整い次第すぐよ。そして帰ってくるのは当分先になるわ。アンタを探してた理由は、この任務に誘うことじゃなくて、旅立つ前にお別れを言いたかったからなの」

そう……だったのか。

別に今まで全然会ってなかったのに、いざメジェールがエーアストからいなくなると思うと、凄く寂しく感じる。

なんだろうこの感情、できればメジェールにはそばにいてほしい。

僕の元々の使命は、『勇者』のために犠牲になることだった。だからなのか、僕とメジェールはお互いに特別な運命を感じている。

離れてしまうのがとても不安だ。

エーアストに……残っててくれないものだろうか。

……いや、引き留めたりするのはよそう。『勇者』には『勇者』の使命がある。

それに、永遠の別れってわけじゃない。いずれまた帰ってくるんだから……

「ユーリ、あともう一つアンタには言わなくちゃいけないことがあるの。大きな声じゃ言えないから、ちょっと耳を貸して」

「なんだい？」

僕はメジェールの言葉を聞こうと、口元に耳を寄せていく。


………………チュッ。


「んお？　なあああああっ⁉」

一瞬何が起こったのか分からなかったが、気付くとほっぺにキスをされていた。

完全に不意打ちだあああっ！

「フフフ、これで心置きなく旅立てるわ。言っておくけど、次はユーリからお返ししてよね……アタシの唇に！」

「ええ～っ、そ、そんなのっ」

「なによ？　イヤなの⁉」

「そ、そういうことじゃなくて……」

「ああ

ああああああああああああああああっ！」

「げっ、リノっ⁉」

いけね、すっかりリノのこと忘れてた！

危険だから、扉の外で待っててもらったんだよね。

ちなみに、落とし穴から戻ったあと、この部屋を見つけてくれたのはリノだ。

リノが鋭い五感で中の気配を感知してくれたおかげで、ほぼ最短でこの部屋に直行できたんだ。

僕ではまったく分からなかっただけに、リノがいなかったら手遅れになっていた可能性もある。

トラップの矢から僕を救ってくれたのもリノだし、今回の影の立役者だ。

そのリノが、半泣きしているような顔でこっちへと駆け寄ってくる。

「戦いが終わったかなと思って扉を開けてみたら、今メジェールがユーリにキスしてたよね⁉」

「あら、見られちゃったのね。でも今までリノは独り占めしてたんだから、これくらいの権利はアタシにもあるわよね」

「あ……あー、うう～っ、ユ、ユーリ、わ、私も……」

「リノ、こんなついでのタイミングでするんじゃなくて、アンタも自分で頑張りなさいよ」

「うう～……分かりました」

うん、よく分からん。

その後、気絶しているイザヤたちを起こし、戦闘の怪我を治療する。

僕が倒した男は殺し屋『木魂』というらしく、そいつだけ捕縛してエーアストに連れ帰ることにした。

残り百人ほどの男たちは、とりあえず気絶したまま縛りあげて施設に置いておくことに。

とても連れて帰れないからね。

明日にもエーアストの兵士たちが来ると思うので、それまではここで大人しくしててもらおう。

ちなみに、僕が倒したことはイザヤたちには内緒にしてもらった。知られると、なんとなく面倒なことになりそうだったから。

イザヤたちもメジェールと一緒に旅立つらしいので、出発前に余計な情報はいらないだろう。

しばらく会えなくなるけど、メジェールが見送りには来ないでほしいと言うので、僕も行かないつもりだ。

会うと出発がつらくなるとのこと。

そしてメジェールたちは旅立っていった……

3. 王女様の護衛任務

先日の事件の続報が届いたんだけど、あの殺し屋――『木魂』という男の記憶が消えていたらしい。

演技とかではなく、どうも本当に何も知らないということだ。

そして、王国の兵士たちが施設に向かったときには、中はすでにもぬけの殻だったとか。施設に残してきた百人ほどの男たちは全員消えていたとのこと。

自力で脱出したのか、それとも組織に消されたのか……

どういうことか分からないが、調査のことは専門家に任せようと思う。

本日もいつも通り、僕とリノは冒険者ギルドへと足を運ぶ。すると、なんとまたしてもギルドからの指名依頼が。

今回は僕だけを指名していて、どうやら誰かを護衛してほしいとのことだった。

実はその護衛相手が、直接僕を指名したらしい。

先日の合同討伐のこともあり、現在の僕個人の冒険者ランクはSに上がっている。

あのアンデッド騎士たちを僕一人でやっつけたことは、ユスティーさんたちには内緒にしてもらっているんだけどね。目立つのが嫌なので。

なので、一応アレは全員で討伐したことになっているけど、それでも充分Sランクに値する功績らしい。

ランクが上がったことにより、ギルドカードの色もシルバーになって、ちょっと高級感がある感じだ。

ちなみに、カードの色はランクが上がると勝手に変化する。

ただ、僕個人はSランクに昇級したけど、リノはまだBランク冒険者だ。残念ながら、リノの実力はAランクにも足りてないと判断されたんだろう。

僕とリノのチームとしての評価はAランクなんだけどね。僕一人だけ指名してきたのも、その辺りが関係しているんだと思う。

今回僕はあっさりとSランクまで上がっちゃったけど、本来は長い年月をかけないと、なかなかそこまでは辿り着けない。

それなりに才能がある人でも、大体十年程度のキャリアは必要になってくる。経験不足の僕がサクサク昇級しちゃって、少し申し訳ないくらいだ。

そんなわけで、この場末のギルドでは最上位ランクの僕ではあるけど、わざわざ個人指名されるのはちょっと不思議だ。

Sランク程度の冒険者なら、僕以外にも結構いるからね。

あまり気乗りはしなかったけど、せっかく指名されたことだし、少々気になったから依頼を受けることにした。

「今回は僕一人で行ってくるよ。リノは大人しく留守番しててね」

「気を付けて行ってきてね、ユーリ」

リノを置いて、僕は指定された場所へと向かった。

◇◇◇

指定の場所に着くと、小型の馬車——多分二人乗り用の馬車が一台と、その御者が一人いるだけだった。

前回同様、各ギルドから何名か選抜されて、てっきり複数人で護衛任務をするものだと思っていたけど、周りを見渡しても任務を受けたらしき人は僕しかいない。

特に豪華な作りでもないその馬車を、僕一人で護衛するんだろうか？

まあ馬車に関しては豪華だと目立ってしまうので、平凡な作りなのは護衛上都合がいいとも言えるけど、来ているのが僕一人というのはどういうことだ？

今から遅れて現れるのか、それともすでにいてどこかに隠れているのかとも思ったが、どうもそんな感じもしない。

不審に思いながら周りを警戒していると、馬車の中から声をかけられた。

「護衛のお方、どうぞ馬車の中にお入りください」

女性の声だ。

どこかで聞いたことある声だなと思いつつ、僕は馬車のドアを開ける。

「失礼します。あのう……本日の護衛を命じられたユーリと申しますが……」

「分かっています。わたくしがご指名いたしましたので」

馬車の中には華奢な女性が一人、長椅子の奥に身体を寄せて座っていた。

女性は目の細かい黒いヴェールで顔を隠しており、うっすらとしかその顔が分からない。

あれ？　この声って、えーと、知っているんだけど、誰だったか思い出せないな。

口調から察するに、相手は僕のことを知っているようだけど……

「あら、まだお分かりになりません？　わたくしですよ？」

女性が黒いヴェールを片手で持ち上げると、その奥にあった顔は……

「ええっ、お、王女様っ⁉」

なんと、透き通るような銀髪の美少女――フィーリア王女だった！

「うふふ、お久しぶりですねユーリ様。学校を卒業後、どこのギルドにいらっしゃるか分からなくて、探すのに苦労しましたのよ？　ようやくSランク昇級者名簿でお見かけしたので、今回ご指名させていただきましたの」

「なんで僕なんかを？」

「あら、ユーリ様はなかなかお強いという話をお聞きいたしましたが？　先日も何かご活躍なされたとか。わたくしが護衛をお願いしてもおかしくありませんわよ」

いや、王女様にはちゃんと専属の護衛がいるでしょ。

そもそも専属の護衛以外にも、王国のロイヤルガードはめっちゃ強いし、護衛に関してはSランク程度の冒険者の出番はないはず。

それに、依頼されたのって僕一人なのか？

「あの……この護衛って、僕だけなんでしょうか？」

「はい。秘密を厳守するため、護衛の人数を最小限とし、ユーリ様のみにご依頼いたしました」

うーむ、理に適《かな》っているようで、その実おかしな理屈だ。

人数を最小限にするなら、僕のようなSランク程度ではなく、SSランク以上とも言われているロイヤルガードに頼めばいい。

秘密厳守というなら、なおさら僕のような部外者ではまずいだろう。

要するに、理由はともかく、明らかに僕個人を希望しているってことだ。

「僕なんかをご指名いただいて光栄ですけど、果たして、僕だけで依頼を完遂できますかどうか……」

「大丈夫ですよ、さあ、早くわたくしの隣に座ってくださいませ」

「ええっ？　僕も馬車に乗るんですか？」

「当然です。一緒に乗らないで、どうやってわたくしを護衛するのですか？」

「いや、外から馬車をお守りするのかと……」

「こんな小さな馬車のそばに男性が付き添っていては、逆に目立ってしまいますわ」

「なるほど、それはそうかも……分かりました。では失礼いたします」

王女様に促され、僕は隣にそっと座る。

エーアスト最高の美少女と言ってもいい王女様の隣だ。さすがに緊張するなあ。

「では出発いたしますわよ」

王女様の命令で、馬車はどこかへと走り始めた。


「ユーリ様、お会いしたかったですわ。卒業後、一度も王宮に来ていただけないなんて、冷たいお方……」

いや、『勇者』たちじゃあるまいし、一介の冒険者である僕なんかが、王宮においそれと顔を出せるわけないでしょ。

王女様が、何故僕をそんなに高く評価してくれているのかが全然分からない。

それに、思いがけず王女様と二人きりになってしまって、さすがの僕も緊張で汗だくである。

とにかく失礼がないように、石みたいに固まっている状態だ。

最初は少し遠慮がちだった王女様も、しばらく経つとこの空気にも慣れたらしく、僕の手を握りながらしなだれかかってきた。

なんだこの状況⁉　緊張と興奮で、口から心臓が出そうだ。

僕の肩に軽く頭を乗せている王女様からは、えも言われぬいい香りがするし、僕の手を握るその柔らかい手の感触に、身体は熱病に罹《かか》ったように熱くなり頭もクラクラする。

いや待て待て、外にいる御者には馬車の中の様子は分からないとはいえ、万が一こんなところを見られでもしたら大問題だ。

てか、ホントにこれ護衛なの？

我ながら浮かれ気分を吹き飛ばして冷静に考える。

護衛しているのが僕しかいないし、どこに移動しているのかも分からないうえ、妙な胸騒ぎも感じる。

最近異常な事件が増えているし、対魔王軍戦力と言われているクラスメイトの状況も謎のままだし、まさか王女様を使って何かの罠に嵌《は》めようとしているんじゃ……？

一度浮かんだ疑念は消えず、何も分からぬまま護衛をするのも危険と感じ、王女様にさりげなく訊いてみることにした。

「あのぅ……王女様、僕の同級生のことなんですが、何か変わった様子はないでしょうか？」

僕のこの質問を聞いた途端、ふわふわと取り留めのなかった王女様の態度が急変し、姿勢を正して慎重に言葉を紡ぎだした。

「ユーリ様も何かお気付きになられたようですね。仰る通り、ユーリ様のお友達に何かしらの変化が起こっています」

彼らの変貌には、やはり何か原因があるのか。

「わたくしが『神授の儀』にて授かったスキルは、王族に受け継がれる『聖なる眼』というものなのですが、それには相手の本質が見通せる能力があります。ただ、まだスキルレベルが低いので、おおよその感覚でしか判断できませんが……」

「王女様にそんなスキルが？　それで僕の同級生はどうだったんですか？」

「詳しくは分かりませんが、何か邪悪な力が我が国に蔓延《まんえん》しつつあります。お友達に変化が起こったのは、恐らくそれが原因でしょう」

「じゃあ、早くなんとかしないと！」

「その通りなのですが、未だ相手の見当が付いていないため、現状では手の打ちようがないのです。ただ、『勇者』たちに何かあっては一大事ですので、神託を受けたということにして彼らにはファーブラ国へ旅立ってもらいました。あそこにある『試練の洞窟』にて修業するようにお伝えしましたので、当分は帰ってこないものと思われます」

なるほど、メジェールたちが受けた任務ってこのことだったのか！

ファーブラはエーアストの北に位置する国で、女王が統治する国家だ。

あそこには『女王親衛隊《ソード・オブ・クイーン》』という超強力な護衛騎士がいるし、邪悪な力もそう簡単にはメジェールたちに手が出せないだろう。

しかし、僕がみんなと別行動をしている間に、そんなことになっていたなんて……

リノは場末のギルドで僕と一緒に活動していたから、その邪悪な力の影響を受けなかったのかもしれない。

ＳＳランクが消えている原因や、デュラハンロードやトリプルホーンなどのモンスターを呼び寄せたのも、全て邪悪な力の仕業かもしれないな。

「どう切り出そうか迷っていたのですが、ユーリ様から仰っていただけて助かりました。今日はそのことについてご相談がしたくて、ユーリ様をお呼び立てしたのです」

ようやく今回の依頼の意味が分かった。

護衛が僕一人の理由も、そういうことだったのか。

しかし王女様の判断力は凄いな。

僕が邪悪な影響を受けていないことを察知し、そして護衛として呼び出してこのことを相談するなんて、一国の王女とは思えないほど大胆な行動力だ。

さっきまで妙にくっついてきたのも、万が一のときに周りを騙すための演技だったんだな。

そのまま馬車は移動し、人気のない場所で僕と王女様を降ろすと、馬車は静かに走り去っていった。

「さあユーリ様、こちらへいらしてください」

王女様に促されて移動し、辿り着いた場所は、街を大きく外れた山の麓《ふもと》だった。

その先の岩壁で王女様が何か呪文を唱えると、岩壁に光る扉が浮き上がった。

王女様が扉を開け、僕たちはそこから中に入る。

細い通路を抜けて出た場所は、岩壁の中にあるとは思えない、煌《きら》びやかな装飾品で溢れた部屋だった。

「ふふっ、ここは王族のみにしか知られていない、秘密の部屋ですのよ」

なるほど、同級生たちを操る謎の力は、どこまで影響を拡げているか分からない。

大事なことを相談するには、この秘密の部屋はうってつけの場所だろう。

「ユーリ様、このアイテムを首に着けてくださいませ」

王女様からベルトのような物を渡される。

「王女様、コレは?」

「王族以外の人間は、この部屋ではこのアイテムを着けないと、いずれ体力がなくなって倒れてしまうのです」

重要な隠し部屋だけに、部外者が自由に行動できないように、その辺のセキュリティもしっかりしているということか。

僕は王女様に言われるままに、ベルトを首に装着する。

「ユーリ様、しっかりとお着けになりましたか？」

「はい、これで大丈夫です」

「そうですか……ではお座り！」

「へ？　なんですか王女様？」

王女様の言葉を聞くと、何故か身体が勝手に反応して、その場にしゃがみ込んでしまった。

あれ？　なんだコレ？　身体が全然動かないんですけど？

「うふふ、これでユーリ様はわたくしのもの……」

王女様からさっきまでの可憐な笑顔が消失し、感情のない昏《くら》いまなざしが、静かに僕を見つめている。

バカなっ！　すでに王女様も、邪悪な力に毒されていたっていうのか!?

僕としたことが迂闊だった。

王女様から邪悪な存在のことを打ち明けられ、つい鵜呑《うの》みにしてそれを信じてしまったが、そもそもそれこそが王女様の罠だった!?

王女様から渡されたアイテムを首に着けた瞬間から、僕の身体は自分の意志で動かせなくなってしまった。

まずい、このままではあっさり殺される！

いくらレベルが１００あろうとも、こんな状態じゃ無力だ。

何故僕は、王女様の言葉を簡単に信じてしまったんだ！

王女様が持つ『聖なる眼』というスキルを聞いて、すっかり油断してしまった自分を責め立てる。

「まさか王女様まで操られていたなんて……さっき聞いたことは全部ウソだったんだな？」

「あら、ウソなんてついてませんよ。先ほどユーリ様にお伝えしたのは全て本当のことです。それに、わたくしは誰にも操られていませんよ」

「ど、どういうことです？」

「ユーリ様をここにお連れしたのは、わたくし自身の意志だということです」

王女様は操られていない？

ということは、考えられることはただ一つ。

「そうか……王女様、あんたが邪悪な力の原因だったんだな！　あんたがみんなを操っていたということか！」

「ええっ、全然違いますわ!?　どうしてそのような結論になるのです？」

んん？　王女様が言うことから推察したら、当然出る結論だと思うが？

邪悪な力が蔓延しているのは本当のことで、王女様はそれに操られることなく、僕を罠に嵌めたんだろ？

なら、王女様が全ての元凶なのでは？

「わたくしは、ただユーリ様を自分のものにしたかっただけです」

「……どういうことですか？」

「言葉の通りです。わたくしはユーリ様が欲しいのです。だから護衛の依頼でお呼び立てして、この部屋にお連れしたのです」

「ちょっと待って、さっき王女様が言ったのって、全部デマカセなの？」

「まさか!?　邪悪な力を感じているのは本当のことです。ただ、それとは別件でユーリ様を誘い込むつもりだったのですが、上手い具合にその話で盛り上がったため、急遽変更してその相談に乗り換えました」

「あの……邪悪な力が本当なら、こんなことしている場合じゃないと思うんですが？」

「そんなことわたくしの知ったことではありません。わたくしの願いは、ユーリ様と子作りすることですから」


……………………なんだって？

子作り～っ!?

「王女様、いったいナニ言って……？　なんで僕なんかと子作りををを!?」

「クスクス、隠しても無駄ですよ。ユーリ様がとてつもない神の力をお持ちなことは、とっくに気付いているのです」

「ぼ、僕は『勇者』じゃないですよよよ？　メジェールが『勇者』ですって」

「『勇者』？　あんな小娘なんてまるで問題にならないほど、ユーリ様が神様から授かったお力は大きいはずです。わたくしの『聖なる眼』はごまかせません。初めて見たときから、ユーリ様こそ選ばれし者だと分かっておりました」

なんと！　王女様の『聖なる眼』スキルは本当だったのか。

『勇者』よりも上と言っているのは、僕が毎月神様から大量の経験値をもらっていることか？

確かに、今後さらに凄い量の経験値がもらえるけど、それだけで単純に『勇者』よりも上とは結論づけられないのでは？

「ユーリ様、あなたに宿る神の力はケタ外れです。わたくしは、神の子をこの身に宿すことが長年の夢でした。ちなみに、学校での討伐遠征で、落ちてくるワイバーンからわたくしを救ってくれたのもユーリ様だと気付いてましたよ」

王女の目が妖しく光る。完全に正気を失っている目だ。

「『隷属の首輪』を着けている限り、ユーリ様には一切自由はありません。わたくしの命令でしか動くことができないのです。そう、これから一生、ユーリ様はわたくしの可愛いペットですの……」

うわあこの人アタマおかしいっ！

まさか、僕は一生ここで隠れて暮らすのか？

いや、暮らすなんて生易しいものじゃなく、自由を奪われたまま、ただ生かされるだけ……

それって、最初に授かった『生命譲渡《サクリファイス》』スキルの結末と同じ人生じゃないか！

いくら王女様が絶世の美少女だとはいえ、そんなの嫌だーっ！

「お、王女様のお気持ちは大変嬉しいです。でも、まずは魔王復活を阻止しなくては……そのために僕は神様から力を授かったのですから」

「別に、魔王なんて放っておいてもいいじゃありませんか。きっとあの『勇者』たちが倒してくれますわ。ここには食料もたくさん有りますし、二人っきりでずっと暮らしましょ。あら、わたくしったら、これから生まれる子供のことを忘れてましたわ。二人じゃなくて、家族で暮らしましょ」

「あー僕も、王女様のことが以前から大好きでした。こんな首輪なんか着けずに、王女様と過ごしたいなー」

「ふふ、ユーリ様がわたくしを愛してくださっているのは知ってましたわ。目を見れば分かります。だから、一生わたくしのペットになりたいはずです。遠慮しないで、首輪は着けっぱなしでいいんですのよ」

ダメだこの人、完全にイッちゃっている。

下手すると、何かのきっかけで僕は殺されちゃうかもしれないぞ。

「さあユーリ様、子作りを開始しましょ。今日はわたくしたち二人の記念になる日。忘れられない夜を過ごしましょう」

王女様が服を脱ぎ始めた。

やばい、身体が全然動かない、このままじゃやられる〜っ！

「ユーリ様、わたくしのことを抱きしめて……」

半裸になった王女様がベッドに上がり、僕に抱きしめるよう命令してきた。

その言葉と同時に、僕の身体が勝手に動いて王女様を抱きしめようとする。

もうだめだ、僕の人生はここで終わり……


ドガーン！


「まっちなさーいっ!!」

女性のかけ声と同時に、この秘密の部屋の壁がいきなり破壊された。

壁に空いた穴から出てきたのは……リノだった！

「やっと見つけたわよっ！　これはどういうことなのユーリ？　こんなところで、王女様といったい何するつもり!?」

リノは鬼の形相で僕たちを見つめる。

何か勘違いしているようだが、この絶体絶命に来てくれた救世主だ！

「リノ助けてくれ、変な首輪を着けられて、僕は王女様の命令に逆らえないんだ」

「ユーリってばナニ言ってるの？　二人してこんな場所にシケ込んだりして、全然説得力ないんだけど？」

「本当なんだよリノ、王女様に騙されて、僕はもう絶体絶命だったんだ」

僕の言葉を聞いて、リノが王女様を睨む。

「王女様、ユーリの言うことは本当なの？　いくら王女様でも、ユーリにこんなことしたら許さないんだから！」

「あ、あなた、いったいどうやってここを見つけたの？」

「ふん、私はユーリの匂いなら十キロ離れても分かるのよ。この辺で匂いが消えたから、うっすら感じる残り香とかすかに聞こえる音を辿って、土魔法で岩壁を削ってきたのよ」

かすかな音を頼りに、土魔法で岩壁を削って進むド根性さにも驚くが、僕の匂いが十キロ先からでも分かる？

それって人間技じゃないぞ!?　いったいリノはなに言っているんだ？

「私が『神授の儀』で授かったスキルは『超五感上昇《スーパーセンシティブ》』といって、目も鼻も耳もすっごく良くなるんだから！　特にユーリに関しては、スキル特性で匂いを覚え込んであるから、特別感知力が高いのよ」

なんですってえええっ!?

リノの授かったスキルって、『魔力上昇』じゃなかったのか!?

道理でいつまで経っても魔法の威力が上がらないと思った。

というか、やっぱ『魔力』スキルは持ってなかったんだな。魔法の威力が弱いのも当然だわ。

「ウソついててごめんねユーリ。でもこんな変なスキルを授かったなんて知られたら、ユーリに嫌われちゃうと思って……」

別に嫌いにはならないけど、僕の匂いを覚え込んでいるのはちょっと引くかも。

いや、そのおかげで助かったんだけどさ。

「さあ王女様、ユーリを自由にしてあげて。じゃないと、痛い目に遭わせますよ」

「ううっ、『隷属の首輪』を着けた状態では、ユーリ様の戦闘力はほぼゼロ……部屋からつまみ出すように命令しても、この小娘には敵わないわね」

なるほど、この状態だと僕は戦えないわけだな。

それは自分でもなんとなく分かる。全然力が入らないもんね。

仮に戦うように命令されても、子供にすら勝てないだろう。

「こんな小娘に、わたくしの夢が潰されるなんて……せっかく邪魔な『勇者』をわざわざファーブラ国まで行かせたのに、全部計画がパァですわ」

「ちょっと待って王女様、『勇者』のメジェールたちをファーブラに送ったのって、単なる私怨《しえん》だったんですか？」

「いいえ、邪悪な力から遠ざけようとしたのは本当です。ただ、目障りだからすぐに出発させたのと、『試練の洞窟』で修業させているのは嫌がらせですわ。あそこなら、当分は帰ってこられないでしょうから」

王女様ってば、こんな絶世の美少女なのに、なんていう捻《ひね》くれた性格なんだ……

まあしかし、先日メジェールたちが罠にかけられたことを考えると、まさに一刻を争う状況だったし、結果オーライなのか。

リノの変な能力の使い方も、王女様の困った性格も、結果的には功を奏したっていうのが、まあ運命のイタズラというかちょっと皮肉だな。

ひょっとして、これも僕が持つ『女神の福音』の特性なのかもね。幸運が宿るって言っていたし。

リノに命令され、王女様は無念そうにしぶしぶ僕の首輪を外してくれた。

やった、これで自由だー！

「リノ、本当にありがとう」

「いいの。二人で逢い引きしてたわけじゃないと知って安心したわ」

「王女様、今日のことは秘密にします。今後は邪悪な力に対抗するため、王女様のスキル『聖なる眼』を一緒に役立てましょう」

「なに、その『聖なる眼』って……」

「これは大事なことなんだ、あとでちゃんと話すよ」

「その通り！　その『聖なる眼』が我らにはとても目障りなのだ」

「っ！　誰だっ⁉」

突然聞こえてきた男の声。

それはリノが通ってきた穴の奥から発せられた。

「どこに消えたのかと思ったら、こんなところに隠し部屋があったとはな」

「ひっひっひっ、油断したな王女様」

穴から男たちが、十人以上ぞろぞろと姿を現した。その中には、この近くまで乗ってきた馬車の御者もいる。

王女様は今回のこの計画のため、馬車の御者も充分注意して選んだはずだが、それでもすでに敵の手に落ちていたということか。

王女様に危害を加えるチャンスとみた御者が、急いでこの近くまで仲間を案内し、そこでリノを見つけてあとをつけてきたんだろう。

「ご、ごめんなさい、これって私のせいよね⁉」

「いや、リノは全然悪くないよ。むしろ相手から来てくれて好都合だ。これで本当の敵の存在も分かったしね」

今まで感じていた違和感は気のせいじゃなかった。

しかも、明確に王女様の『聖なる眼』が邪魔だと言った。邪悪な存在は本当にいるってことだ。

想定外のトラブルはあったけど、これは大きな前進だ。

「さて、お前らにはここで死んでもらう」

「ちょうどいい場所だ。ここなら死体も見つからないだろう」

男たちが武器を抜く。

剣、槍、斧と、それぞれいろんな得物を持っている。しかも、全員なかなかの手練れだ。

『精密鑑定』スキルで解析した限りでは、相手のベースレベルは70以上ある。スキルのレベルも結構高い。

単純に考えて、Sランククラスの実力はあるだろう。

相手に偽装スキルがあったりすると、鑑定で見えた能力が間違っていたりするが、この相手は多分そんなことはない。解析通りの力と考えていいだろう。

よって、この程度なら僕の敵じゃない。

先手必勝。相手の出方を待つまでもなく、素早く接近して全員叩きのめした。

「あふうん、わたくしのためにユーリ様が戦ってくださるなんて、感動で失禁しそうですわ～」

「なに私と同じようなこと言ってんのよっ！　この変態王女っ！」

戦闘終了後、僕は気絶した男たちを起こし、黒幕を聞き出そうとした。

ところが、意識を戻した男たちは、今回のことを何も憶えていないようだった。そう、あの殺し屋『木魂』のように、記憶が全て抜け落ちていたのだ。

『精密鑑定』スキルで男たちの意識を見てみたが、どうもウソを言っている様子はなかった。僕の鑑定はウソを見抜くほど正確ではないけど、多分間違いないだろう。

王女様の『聖なる眼』で見ても、特に異常は感じられなかったらしい。

要するに、男たちは何も知らないまま、邪悪な力に操られていただけってことか……

さらに、元に戻った男たちはレベルも大きく下がっていた。恐らく、邪悪な力で能力を上げられていたんだろう。

そういえば、以前ゴミルシたちにも妙な強さを感じた。

あいつらは倒した後にレベルが下がることはなかったけど、それは何か別の方法で支配されていたからかもしれない。

もしその邪悪な支配を上位スキル持ちが受けたら、手が付けられない強さになってしまうかも……いや、最近の異常事態を考えると、すでにやられている可能性は充分ある。

何かまずいことになってきたな。

適当に時期を待ってれば大量の経験値がもらえると思っていたけど、のんびりしているヒマはないのかもしれない……

第四章　宿敵

1．殺し屋『百手』

あの王女様との一件後、僕に『気配感知』のスキルが出た。

男たちに完全に虚をつかれたことで、本能的にスキルの必要性を感じたんだと思う。

まあ最近は色々な強敵と戦っていたから、練度も結構溜まっていたと思うし、ぼちぼち何かのスキルが出る頃とは思っていたけど。

もちろん、『気配感知』を取得して、ストックの経験値から1000万を使ってレベル10まで上げた。これで、そう簡単には不意打ちを喰らわなくなったと思う。

残りのストックは約6400万。普通に考えれば充分な量だけど、少し心細く感じちゃうな。

あと、やはり『異常耐性』のスキルが欲しいなあ。

『隷属の首輪』は本当にヤバかった。ああいう事態に対応するためにも、やはり耐性スキルは重要だな。

ちなみに、『隷属の首輪』を着けたくらいでは、スキルは出てこないようだ。

考えてみれば、そんなことで出るなら、スキル未習得者に片っ端から首輪を着ければ、みんなスキルゲットできちゃうもんね。そんな都合良くはいかないもんだ。

それとリノのことだ。

『魔力上昇』スキルを授かったなんてウソをついて、実際には『超五感上昇《スーパーセンシティブ》』スキルを持っていたなんて。

場末の冒険者ギルドを知っていたのも、ギルド選びのときに僕の匂いをつけていたかららしい。

変わった能力ではあるけど、実はかなりのレアスキルで、なんと『魔力上昇』より圧倒的上位のSランクスキルなんだよね。

おかげでリノの嗅覚は非常に敏感で、スキルを発動させれば通常の数百倍にもなるそうだ。

リノのお弁当の味がおかしかったのも、リノの嗅覚や味覚が鋭すぎて、味付けが常人とかけ離れてしまったからだろう。

そして嗅覚以外にも、視覚や聴覚なども常識外の鋭さだとか。

あのデュラハンロードを超長距離から確認した視力も、メジェールたちと行った施設で超人的な聴力を発揮したのも、全てこのスキルの性能だ。

さらに、リノが勝手に僕の部屋に入っていたことも分かった。

僕は睡眠中は鈍感で、多少の物音でも爆睡できる体質なんだけど、今回取得した『気配感知』スキルをレベル10にしたら、リノが夜こっそり部屋に侵入してきた気配で起きてしまった。

なんとリノは、僕の部屋の上の部屋に住んでいたのだ。

そのことに気付かれないように、ギルドに行くときも帰るときも、リノはあえて僕と別行動していた。

そして『超五感上昇《スーパーセンシティブ》』スキルで僕が寝た気配を感じると、天井からこっそり侵入して、僕の部屋から適当にものを拝借していたらしい。

朝起きたとき、たまに感じた違和感はコレだった！

リノが『精密』やら『暗視』、『隠密』なんて変なスキルを持っていたのも、僕の部屋に侵入ばっかりしているから取得できたんだな。そのあまりにもロクでもない理由に、僕の頭痛が止まらない。

なんでそんな泥棒みたいなマネするんだってリノを問い詰めたら、「好きな人の物を欲しがるのは普通だよね？　手元に持っておきたいと思うのは当然だよね？」とかなんか逆ギレされた。

いや、部屋に侵入して盗むのは普通じゃないよ……

学校でも指折りの美少女だったリノが、まさか変態ストーカーだったとは。

そりゃ僕に好意を持ってくれるのはありがたいけど、さすがに引くよ。王女様といい、どうして普通の行動ができないんだ？

これも『生命譲渡《サクリファイス》』を授かるはずだった僕への試練なのか……

「ゴメンねユーリ、私のこと嫌いになった？　私のことが邪魔になった？」とリノが泣きながら必死に謝ってきたから、これまでのストーカー行為は全てなかったことにした。

今回はリノのおかげで救われたしね。いや、今回も、か。

問題は王女様だ。

あの人は本物だ。気を許すとヤバイ。

あのときのことは、思い出しただけでもゾッとする。

あやうく一生飼い殺しにされるところだった。

今ではあの極上の笑顔を見るだけで、身体が恐怖で凍りついちゃうほどだ。

しかし、あれ以来王女様からは頻繁に連絡が来るようになった。

それも仕方がないことで、邪悪な存在に対抗するには、王女様の『聖なる眼』は必要不可欠だからだ。

不本意ではあるが、王女様との関係は密になっている。まあ絶対に気は許さないけどね。

◇◇◇

今日もリノとモンスター討伐に来ているが、ふとあることに気付いた。

リノは魔道士として活動しているけど、別の職に変えたほうがいいのでは？

元々『魔力上昇』スキルを授かったという前提からリノは魔道士を選んだから、それがウソだと分かった以上、魔道士に固執する理由がない。

というより、リノは魔道士の才能が全然ない。

女性は魔法系スキルが出やすいから、リノにも一応『属性魔法』スキルは出たけど、さっぱりレベルが伸びてくれないからね。『魔術』や『魔力』のスキルも出ないし。

それに対し、『精密』やら『隠密』、『暗視』とかのスキルは簡単に習得している。リノには別な才能があると思っていいだろう。

ちなみに、僕の部屋に忍び込むため、全力でその系統のスキルを育てていたらしい。

そんなことしていたから、いつまで経ってもリノは成長しなかったんだな。ようやく納得できたよ。

ということで、せっかくリノは『精密』、『暗視』、『隠密』、『看破』、『気配感知』、『探知』、『遠見』なんてスキルを上げたから、忍者に転職することを勧めた。

転職と言っても何をするわけでもなく、ただそれ用の装備に変更し、適切なスキルを育てていくだけだ。

それでいつも通りしばらくパワーレベリングしていたら、早速リノに『刃術』、『忍術』、『体術』『敏捷』スキルが出てきた。

こいつめっちゃ忍者職に向いているぞ。パワーレベリングとはいえ、普通はこんなに簡単にスキルは出てこない。

考えてみれば、リノの授かった『超五感上昇《スーパーセンシティブ》』って、諜報員向きじゃないか。

忍者は『戦闘も強い諜報員』という感じなので、リノには天職かもしれない。

転職で天職……なんでもない。

リノに前衛で戦わせるのは少し酷なので、『刃術』にある投刃スキルを磨いて、中距離から援護を任せられるようになってもらおう。

◇◇◇

本日、王女様から内密の連絡があった。

近々王室の儀式で、少々遠方に出向かなくてはならないということらしいんだけど、王女様は何か不穏な気配を感じているようで、僕にその護衛をこっそりしてもらえないかという依頼だった。

もちろん僕は承諾した。

儀式に際しては、神殿内にいる王女様の護衛は、王族守護騎士——いわゆるロイヤルガードたちがすぐそばにて直接待機するとか。

そして神殿の周辺は、オルドル・カピターン騎士団長の指揮のもと、数十名の騎士たちが警備を担当するらしい。

オルドル団長はレベル85を超える強騎士だし、ロイヤルガードに至っては、レベル90を超える猛者たちだ。

彼らは冒険者で言うとSSランクで、任務の都合上、対人戦闘に特化したスキルを持っている。

モンスター戦は不得手だが、人間相手なら、ロイヤルガードはSSSランクの冒険者とも互角に戦えるだろう。

邪悪な影響を受けたヤツらが城内で王女様を襲えないのも、きっとロイヤルガードのおかげだ。

今回その精鋭が六人も王女様を護衛してくれるという。

そんな厳重警備の中、わざわざ王女様を襲いに来るとも思えないが、何せ王女様の力は敵にとって脅威だ。排除するためには、どんな手を使ってくるか分からない。

恐らく僕の出番はないと信じたいが、念のため、近くに待機しておこうと思う。

ちなみに、王様にはロイヤルガードを超える、四人の国王守護騎士《キングズガード》が付いている。

彼らはレベル100に近い超絶の手練れなので、そう易々と王様が襲われることはないだろう。

数日後、儀式に向けて王女様一行は早朝に出発した。


王女様一行は丸一日かけて、エーアスト近郊にある聖なる山ハイゼルンへと移動していく。

僕は内密で護衛に来ているので、騎士団に見つからないよう、一行とは離れた場所からひっそりと追っている。

僕は王女様からは信頼を得ているとはいえ、王国から見れば、大したスキルも授かっていない平凡な冒険者という評価だ。

まともにお願いしても、この一行には到底同行させてはもらえないだろう。それどころか、怪しい危険分子として排除されてしまう可能性すらある。

それほど、この国にとって王女様の『聖なる眼』は絶大な能力だ。


夕方目的地へと到着し、山の麓で一泊。

翌朝また一行は出発し、山中にある神殿へと向かった。

その聖なる地で、今後予測される魔王復活に備え、王女様の力を使って未来を占うのが今回の目的とのこと。

昼前には神殿へと到着し、聖堂内にて神託の儀を執り行う準備をする。

オルドル騎士団長の指揮のもと、神殿の周りはぎっしりと騎士団で固められ、虫一匹通さない鉄壁の布陣だ。

そして聖堂内には六人のロイヤルガードが入り、そばで王女様を護衛している。

僕は近場の森の中にて、その様子を窺う。

王女様のスキル『聖なる眼』は敵にバレていた。今回の儀式で、王女様に未来を知られるのは都合が悪いはずだ。

強騎士たちに厳重に警護されているとはいえ、何か仕掛けてきてもおかしくない。

何も起こらないことを願いながら、僕は儀式が無事終了してくれるのを祈った。

◇◇◇

聖堂が静かになってから数十分。

中の様子はここからでは分からないが、儀式は順調に進行しているように思え、少し安心していたところに突如異変が起こった。

神殿の外にいた騎士たちが、バッタバッタと倒れていったのだ。

睡眠《スリープ》などの状態異常ではなく、物理的な攻撃だ。何故なら、騎士たちの腕や足がちぎれ飛んでいるからだ。

いったいどこから攻撃を⁉

異常に気付いてから、ようやく敵の気配を感知する……コイツは暗殺者だ！

騎士たちから十メートルほど離れた辺りから、敵は何かしらの攻撃を仕掛けている。

僕は神殿から少々離れた場所にいたため、感知が少し遅れてしまった。いや、レベル10である僕の『気配感知』スキルをもってしても、ここまで簡単に接近を許すほど、敵は隠密行動に長《た》けているということだ。

それにしても、護衛の騎士たちはAランク以上の実力はある。中にはSランク相当の騎士もいたはずだ。

その彼らを、侵入者はあっという間に全滅させてしまった。オルドル騎士団長も、すでに攻撃を受け地面に倒れ伏している。

ものの十数秒で外を鎮圧した敵は、迅速に聖堂内へと突入していく。

僕もすぐに戦闘態勢を整え、慌てて敵を追って中に入った。

聖堂内では、すでにロイヤルガードたちが敵と交戦中だった。

なんと、あのロイヤルガード六人を同時に相手にしながら、敵は押している！　この目で見なければ、とても信じられないことだ。

両者の距離は十メートルほど離れていて、その距離から敵がなんらかの攻撃を仕掛け、ロイヤルガードたちが必死にそれを防いでいるような感じだ。

外での攻撃も、敵は中距離から技を放っていた。

何かの衝撃波なんだろうか？　ただ、敵の武器が見えない。いったいどうやって攻撃しているんだ？

僕は『精密鑑定』スキルで敵の解析をする。

レベル……112だと!?　残念ながら細かいステータスは見通せないが、間違いなく規格外の強さだ。

相手が強いほど、『精密鑑定』スキルは大まかな解析しかできない。なので、この強敵の主要スキルは見えないが、『鋼糸』という謎の存在が解析に出た。

鋼糸……？　まさか!?

「なんだ貴様は!?」

敵は追って入ってきた僕に気付き、その不可視の攻撃を仕掛けてきた。

僕は直感で死の匂いを感じ、瞬時にその場から飛び退く。

空気を裂くような何かが僕のほほを掠め、薄く皮膚を斬り裂いた。

鋼糸……コレは特殊な鋼でできた、目に見えないほどの細い糸だ。敵はそれを自在に操って攻撃している！

解析で先に見ていなければ、今の一撃でやられていた……

ロイヤルガードには、かろうじて糸が見えているようだ。それは今までの戦闘経験で、『看破』や『見切り』、『心眼』などのスキルを育てていたからだ。

それらのスキルがない僕には、ヤツの糸が見えない。見えない攻撃を防ぐのは不可能だ。

いくら僕に『斬鬼』や『幽鬼』、『剣身一体』があろうとも、また自慢の『炎の剣』を使おうとも、敵の攻撃が見えないのでは戦いようがない。

僕の危惧していた弱点が、ここに来て露呈《ろてい》してしまった……

まずい、この狭い聖堂内はヤツの巣みたいなものだ。まるで逃げ場がない。鋼糸が見えない僕では、近付くことすらできずにやられてしまう。

王女様はなんとかロイヤルガードたちが守っているが、しかし完全にジリ貧だ。

あの鋼糸使いはこの距離での戦闘を熟知しているようで、ロイヤルガードたちが剣技の衝撃波を出そうとすると、その瞬間に鋼糸で技を封じている。

このままでは、いずれ王女様を殺されてしまうだろう。

かといって、いちかばちかで勝負をかけるのはまだ早い。

焦っちゃダメだ、何かできることがあるはず。捨て身の攻撃を仕掛けるのは、本当に最後の手段だ。

……外だ！　勝機を見つけるため、外に出ないと……！

僕は鋼糸に注意しながら、剣技の衝撃波で聖堂の壁を破壊した。

「王女様、こっちだ！」

聖堂内ではヤツに勝てない。そして王女様も守れない。

僕は王女様を誘導して、破壊した壁から一気に外へと出た。

ロイヤルガードたちは突然現れた僕に一瞬警戒したが、味方であることを理解してくれたようで、王女様が脱出するまで敵の攻撃を防いでくれた。

そう、さっき森の中で待機していたときに、気付いたことがある。

この山にはうっすら霧が立ちこめており、場所によっては視界が悪くなるほど濃霧になっていた。

ヤツと戦うならそこだ。

僕は王女様を抱えて、一気にその場所へと移動した。

◇◇◇

濃い霧が立ちこめた場所——そこは思った通り七、八メートルも離れると、ほぼ視界がゼロになる。僕を殺すには、ヤツもその範囲内まで近付かなくてはならない。

周りには木が乱立しているし、ここなら敵も、そうは自在に鋼糸を操れないはずだ。

王女様を少し離れた場所に伏せさせ、ここで敵が来るのを迎え撃つ。

ふと自分のステータスを確認すると、『看破』のスキルが出ていた。

そうか、敵の武器を鋼糸と見破ったことにより、スキルが発現したんだ！

願ってもないタイミングだ！　僕は経験値を使って急いでレベル10まで強化する。

すると、『看破』と『精密鑑定』スキルが融合して、『真理の天眼』という上位スキルに進化した。

これはかなりのものを解析したり見通せたりできるようだ。

これならあの見えない鋼糸も……！


その数瞬の後、敵がゆっくりと近付いてきた。

「なるほど、お前が報告にあった小僧だな？」

報告？　僕のことも知られているのか？

ロイヤルガードが追ってこないことを考えると、彼らは聖堂内でやられてしまったかもしれない。

あの手練れの六人を一人で倒すとは……

敵にこんなヤツがいるなんて思わなかった。完全に僕は油断していた。

だがこの場所なら、僕にも勝機がある。

「死ね、小僧！」

敵が鋼糸を放ってきた。

霧を裂くソレを見て、敵の攻撃が想像以上だったことに気付く。

僕はてっきり、鋼糸は片手に一本ずつ――つまり計二本、多くても三、四本程度だと思っていたが、それは全然違った。

片手に五本――計十本の鋼糸を操っていたのだ！

一本でも操るのは相当難しいであろうソレを、なんと十本、まるでそれぞれに意志があるかのように操って攻撃している。霧を裂く動きを見て、ようやくそれが分かった。

そう、この濃霧なら、細い鋼糸は見えなくても霧の動きは視認できる。霧の流れに注視すれば、鋼糸の攻撃をかろうじて防ぐことは可能だ。

さっき習得した『真理の天眼』の効果もあるだろう。これなら充分戦える！

さらに、周りの木々により、鋼糸の動きもある程度制限されている。

おかげで回避に特化した『幽鬼』スキルを持つ僕なら、なんとか対応できる状況になったわけだ。

「なるほど、考えたな。しかし、このままじゃお前の攻撃は俺には届かんぞ。この木々は、俺にとってはありがたい盾代わりだ。安全圏から楽々お前を攻撃できる。いつまでそうやって逃げられるかな？」

敵の嘲笑《ちょうしょう》する声が、霧の奥から聞こえてくる。

確かに、このままじゃお前には近付けない。しかし、僕にもあるんだぜ、中距離から攻撃できる技が。

見えない鋼糸が邪魔で手が出せなかったさっきまでとは、もう状況が違う。

鋼糸さえ防ぐことができれば、今度は僕の番だ。霧の流れと『気配感知』スキルで、敵の居場所を推測する。

チャンスは一度。もちろん手加減なしだ。

必殺を込めて、今僕が持っている最強の技を撃ち放つ……！

「超超特大衝撃波《エクサショックインパクト》っ！」

音速の巨大衝撃波は、敵との間を阻む木々を根こそぎ斬り裂いて、前方一直線に薙ぎ倒していく。

風圧で霧が吹き飛び、視界が晴れたそこには、両手を前に突き出した男が現れ、その姿で硬直したまま上半身がゴロリと崩れ落ちた。

危なかった……まさに薄氷の勝利だった。

恐らく、この場所以外では、今の僕では勝てなかっただろう。

こんなヤツが王女様の命を狙っている。このレベルの刺客が、あと何人いるというのか。

本当に恐ろしい存在だ……

想定よりも相手は遥かに手強い。クラスメイトたちはいったいどこまで敵の手に落ちているんだ？

もはやグズグズしていられない。早急な対応を考えないと……

ちなみに、ロイヤルガードたちは重傷だったが、命に別状はなかった。

さすがというか、五体無事だ。なので、僕のエクスポーションであらかた回復することができた。

オルドル騎士団長も同じく回復できたが、多くの騎士たちは、もはや何をしても修復不能な身体欠損となってしまっている。

死んでしまった騎士もいるだけに、命があるだけまだマシなのかもしれないが……

その後、王女様は無事神託の儀を終えて、僕たち一行はエーアストへの帰路に就いた。

2．死なずの騎士

多大な犠牲を払った『神託の儀』だったが、王女様には重大な未来が見えたようだ。

やはり邪悪な影は世界に広がりつつあったらしい。

王女様が授かった神託の預言は、『始まりの国に第一の魔が訪れ、やがて闇は広がり、人ならぬ国、聖なる国、背神の国にて、四つの魔が現れる』とのことだった。

『始まりの国』とは、恐らくこのエーアストのことなのでは？

『人ならぬ国』というのは、魔人国のような気がする。

『聖なる国』というのは、西の果てにあるパスリエーダ法王国が思い当たる。

『背神の国』……これはまったく分からない。名前からは、あまりいいイメージを感じない国だが……

多分この四つの国に、四体の悪魔が現れるという預言だ。

そういえば、魔王には四人の腹心がいたという話だが、そのことを指しているように感じ取れる。

預言が解明できれば、人類側が先手を打つことも可能なはずだ。重要なお告げを聞くことができて、死んだ騎士たちもこれで少しは浮かばれるかもしれない。

預言では『始まりの国に魔が訪れる』と言っているが、エーアストに巣くっている邪悪な存在がこのことなのかも。

まずはその敵の正体をなんとか掴みたいところだ。

それと、あの凄い鋼糸使いは『百手』という有名な殺し屋だったらしい。

もしかして、以前戦った殺し屋『木魂』は仲間なんだろうか？　もしそうなら、邪悪な存在は殺し屋たちとも結託しているということだろう。

敵はいったいどこまで影響を及ぼしているのか、『神託の儀』を終えてすら、全貌がまるで見えてこない状態だ。

ただ、いいこともあった。

あのあと僕に『見切り』、『直感』、『心眼』、『耐久』スキルが出たのだ。

今までの戦闘で練度が溜まっていたということもあったんだろうけど、まさに命を削って戦ったほどの相手だから、これらのスキルが出たと言っていい。

もちろん全部取得した。これで大幅に僕を強化できる。

中でも、『直感』は基礎スキルとしてはかなり珍しい類いだ。

元々勘のいい人にしか出ないスキルらしいが、今回のあの『百手』との戦闘は、僕はかなり勘に頼った戦いをしたので、その辺がスキルの出てきた要因なのかもしれない。

早速ストックしてあった経験値を使って、習得したスキルを全部レベル10まで上げる。

すると『見切り』と『直感』、『心眼』スキルが融合して、『超越者の目《デウスプレディクト》』という上位スキルに進化した。

コレは攻撃を見切る能力もさることながら、敵の行動予測が見えるという凄いスキルで、『勇者』が持つ『思考加速《スロービジョン》』にも匹敵するほど強力だ。

まだレベル1なのでそれほど予測が見えるわけではないが、それでも『超越者の目《デウスプレディクト》』と『百手』

戦のときに習得した『真理の天眼』があれば、もう見えない武器に悩まされることもないだろう。

待望の『耐久』スキルも習得できたし、これでほぼ僕の弱点はなくなった。

『異常耐性』だけまだ未習得ではあるが、今なら『百手』ですら、僕の相手ではないように思う。

ちなみに、『超越者の目《デウスプレディクト》』と『真理の天眼』は、レベル２に上げるのにどちらも経験値２０００万必要だった。

これは『斬鬼』、『幽鬼』などの融合スキルと同じである。

現在経験値が１３００万ほどしかないので、残念ながらスキルアップはまたの機会にしよう。

今回もし経験値がなかったら、『百手』戦の前に『看破』スキルを上げることはできなかった。

経験値をストックしておくことの重要さを実感した僕だった。

◇◇◇

『神託の儀』を終えた僕たち一行は、ようやくエーアスト王都へと到着する。

しかし、何故かその僕たちを、衛兵がずらりと待ち構えていた。少し離れたところには、リノの姿も見受けられる。

何かあったのかなと思っていたら、なんと目的は僕の捕縛だった！

思い当たることがまるでなく、衛兵に理由を聞いてみると、同級生を闇討ちして大怪我させた犯人となっていた。

多分、あのときのクラスメイト——ゴミルシたちが訴えたんだろうけど、僕からは何も聞き取りをしないで、いきなり逮捕なのか？

第一、一緒にいたリノがそのときの状況を全て知っているはずだ。一応弁解してみたが、僕の言葉には一切耳を貸してもらえない。

先に殺そうとしてきたのはアイツらなのに、なんの証拠もなくゴミルシたちの証言を一方的に真実と断定するなんて、こんなデタラメが通るわけがない。そもそもゴミルシたちこそが怪しい存在で、少し調べれば、この事件に関する言動もおかしいことが分かるはずだ。

ほかのクラスメイトたちにもどうやら異変は起こっているようだし、街からＳＳランクたちも消えてしまった。

この異常事態に、衛兵たちが何も気付かないなんてことがあるのか？　邪悪な力に対抗するため、今すぐにでも国を挙げて異変の原因を調査するべきだ。

……と思ったところで、事態はそんな生易しい状態じゃないことに気付いた。

こんな無茶ができるということは、衛兵を含めて、恐らく全て敵の手に落ちたということだ。これじゃ僕の証言なんて一切認めてもらえないだろう。

まさか、リノまで洗脳されてしまった可能性も？

まずい、想定よりもずっと早くことが進んでいた。

エーアストに帰ったら、何か早急な対応をしようと決意したばかりだというのに……

もちろん、今回一緒に遠征した騎士たちは、僕を味方だと分かってくれているけど、このまま素直に衛兵に捕まるのは悪手に感じる。

今王国側にいるのは、全員邪悪な力に染まっていると考えて行動するべきだ。

一度捕まってしまうと、こちらの行動は制限される。いや、それどころか、どんな無茶をしてくるか分からない。

やはり捕まってはダメだ。この場で対処しないと。

しかし、打つ手が見えてこない……

逡巡《しゅんじゅん》していると、衛兵の後ろから、さらにクラスメイトたちも現れ始めた。

ゴミルシなんて雑魚じゃなく、上位スキル持ちのヤツらだ。簡単に倒せる相手ではないが、しかしパワーアップしたばかりの僕なら、充分勝機はある。

先手必勝、強引に行ってみるか……そんな結論に達しようとしたとき、クラスメイトたちの後ろから、静かな、それでいて妙に威圧感のある声が聞こえてきた。

「キミがユーリ君だね。神託にて、キミの正体は悪魔だと告げられた。無駄な抵抗はやめて、大人しく投降しなさい」

言葉を発した人物……それは痩身の神父、セクエストロ枢機卿《すうききょう》だった。

最近エーアストに配属されてきたという人で、ほとんど姿を見たことがなかったけど、今目の前にいるその人は、死人かと見間違えるほど血の気の失せた青白い顔をしている。

ひと目でその異常さに気付き、習得したばかりの『真理の天眼』で解析をしてみるが……何も見えてこない！

コレは普通じゃないぞ!?

横にいるクラスメイトたちは、レベルどころか授かったスキルまで見えているのに、セクエストロ枢機卿の解析はまるで不可能だ。

もはや考えるまでもなく、このセクエストロ枢機卿が何かしらの原因なのだと理解できる。

まさか、エーアストに訪れる『第一の魔』とは、この人のことなんじゃ……？

みんなにそれを伝えようと思ったが、ここに揃う人たちの多くは、この枢機卿の洗脳下にあると思っていいだろう。

下手なことをすれば状況は悪化するだけ。預言の内容を敵に知られるのも良くない。

ハンパな策よりも、いちかばちかセクエストロ枢機卿に攻撃を仕掛ける。恐らくそれが最善と思える。

そう決意したとき、枢機卿の前にスッと見知らぬ人物が歩み出た。

濃い灰褐色《はいかっしょく》の肌をした白髪《はくはつ》の戦士で、あのゴーグよりさらに一回り大きな筋骨隆々とした巨体に、無数の傷の付いた赤黒い鎧を着け、背中には巨大なグレートソードを背負っている。

まさかこの男は……？

「小僧、大人しく捕まる気はないようだな。ならば、力ずくで叩きのめすのみ」

噂に聞いた戦場の死神、あの『死なずの騎士』ヴァクラースなのか？　いったいいつエーアストに来たんだ？

世界最強とも言われるヴァクラースは、屈強な四人の部下『黙示録の四騎士《ナイツ・オブ・アポカリプス》』を率いて各地の戦場を駆け回り、天下無双と言われるその力はただ一人で一軍を凌駕《りょうが》し、そしてどんなに傷付いても決して死なず、また次の戦場に現れるという……

この怪物が枢機卿の護衛をしている⁉

グルなのか、それとも依頼で請け負っているのか？

もしグルだとしたら、いま蔓延しているこの邪悪な力は、恐らくこの二人が元凶だ。『第一の魔』とは、この二人のどちらかに違いない。

幸い、四人の部下『黙示録の四騎士《ナイツ・オブ・アポカリプス》』はここにはいない。

ヴァクラースを倒せれば、何か道が開けるかもしれない。

そう思い、『真理の天眼』でヴァクラースの解析を試みる。

……ば、ばかなっ、コイツの解析もおかしい。

詳細はほぼ何も見えないが、レベルだけは分かる……520だと⁉

コイツ、やはり人間じゃない！

その瞬間、相手の凄まじい殺気を感じ、慌てて僕は剣を抜いて構えるが、何が起こったか分からぬうちに全身に衝撃を受ける。

ヴァクラースが一瞬で間を詰め、僕に攻撃してきたのだ。

斬る、ではなく、衝撃波を叩き込む一撃だった。

「ユーリ!?　死なないでユーリ～っ!」

行動予測が見える『超越者の目《デウスプレディクト》』をもってしても、僕はまるで反応することができず、リノの叫び声を遠くに聞きながら気絶してしまった……

◇◇◇

気が付くと、僕は牢屋に投獄されていた。

どこかの留置所かと思ったけど、部屋を調べてみると、どうも作りなどが特殊で普通じゃない。街にあるような建物とは一線を画した堅牢さだ。

ひょっとしてここ、王城にあるという地下の幽閉所なのでは?

そこは身分の高い者や特別な大罪人など、通常の犯罪者とは隔離して厳重に監禁するための場所だという。

僕の勘が当たっているなら、さすがに僕といえども、容易には脱獄ができない。というより、僕がまだ生かされているのが不思議なくらいだ。

いや、さすがにあの場で即処刑というわけにはいかなかったということか。

どのみち、早いうちに僕は処分されるに違いないが……

二週間ほど生かしてもらえれば、また次月分の経験値とレアスキルがもらえるから、それを利用することによって脱出のチャンスはあるかもしれないけど、とてもそんなに生かしてもらえるとは思えない。

くそっ、せっかく黒幕が分かったのに、どうすることもできないとは！

この調子じゃ、やはり城内の騎士や衛兵も、全員敵の手に落ちているだろう。

まさに絶体絶命か……

一応、自分の状態を調べてみると、『頑丈』のスキルが出ていた。なので習得して、経験値を1000万使ってレベル10まで上げた。

これは防御系のスキルで、『耐久』スキルはＨＰの増加や身体の基本的な耐久度を上げるのに対し、『頑丈』は物理的なダメージを大幅に減らす効果がある。

よほど強烈な攻撃を受けない限りなかなか出ないスキルだが、ヴァクラースの凄まじい一撃――『耐久』レベル10の僕が一発で気絶するほどの攻撃を受けたので、スキルが発現したんだろう。

ちなみに、『神授の儀』で女神様から授かるスキルに、『鉄壁』というレアスキルがある。

これは『頑丈』の上位スキルで、僕のクラスメイトが持っていた。『鉄壁』があれば、あのヴァクラースの一撃でも気絶することはなかっただろうな……

とりあえず、こんな状況ではあるが、『頑丈』を手に入れることができたのは幸運だ。経験値のストックが３００万になっちゃったけどね。

あの『死なずの騎士』ヴァクラースだが、ヤツはレベルが５２０だった。

神様から大量の経験値をもらっている僕はともかく、通常の人間がそんなにレベルを上げることなど不可能に思う。

ゴーグの『覇王闘者』を超える、経験値１００倍以上もらえる称号を持っているとかなら別だが、そんな称号は聞いたこともない。

もちろん、僕が知らないだけで、ひょっとしたら大きくレベルを上げる方法があるのかもしれないが……

ヴァクラースからはレベル以上の何か異質な力を感じた。

仮に僕のレベルを６００まで上げたとしても、今持っているスキルでは、到底ヤツには歯が立たないだろう。

そしてセクエストロ枢機卿はさらに未知数の能力だ。あの二人こそ、『第一の魔』に関わる存在に違いないと思う。

ヤツらに対抗するには、自身のレベル上昇に加え、強力なスキルも入手して育てなくては……それもここを脱出してこそだ。

街の留置所ならともかく、敵に完全に制圧されているであろうこの場所から、自力で抜け出すのはほぼ絶望的だ。

完全に八方塞がりで、なす術《すべ》なく途方に暮れていると、牢壁の奥からかすかな音が聞こえてきた。

何かと思って注視していると、壁の一部が鈍く光り、コロコロと小さな音を立てながらそこが開いた。

その壁穴から出てきたのは……

「ユーリ様、ご無事でしたか！」

銀髪の美少女、フィーリア王女様だった。

「王女様、急いでっ！」

奥からもう一人の声も聞こえてくる。

王女様の後ろからひょっこりと顔を出したのは、リノだった。

「二人とも、いったいどうやって？」

「説明はあと、逃げるわよユーリ！」

「さあユーリ様、一緒にこちらへ……」

僕は二人の案内を頼りに、牢獄から抜け出す。思った通り、僕がいたのは城内の地下幽閉所だった。

時間はすでに真夜中のようで、辺りはしんと静まりかえっている。

狭い通路を抜けた後、リノはじっと静かにしながら集中し、タイミングを測って僕たちを先導していく。

どうやらリノのスキル『超五感上昇《スーパーセンシティブ》』で、周囲の様子を窺いながら逃げ道を選択しているようだ。

良かった……リノは邪悪な力に洗脳されていなかった。

今までで、リノの存在をこんなに心強く思ったことはなかった。

リノ、そして王女様……僕にはまだ仲間がいる。

『探知』スキルも併用したリノの感度は相当優秀らしく、スルスルと無人の道を進んでいく。

そして王女様は、城内にある秘密の抜け道を熟知しているようで、要所要所で行き止まりの壁を呪文で開き、通常では考えられないルートで僕たちは城から脱出した。

「この国はもう邪悪の手に落ちました。もはやここに、わたくしたちの住む場所はありません。国外へと出ましょう」

「そんな……王女様はいいんですか？　あと王様はいったいどちらへ？」

「父はすでにどこかへと連れ去られました。生きているかも分かりません。今はここを去るしか生き残る術はないのです」

すでにそこまでの状態だったとは……

僕たちにはもう選択肢は残されていなかった。ただここを離れるのみ。

城から離れ、このエーアスト王都から脱出するために、王族のみが使用できるという秘密の通路へと僕たちは急ぐ。

それは王都が攻められたときの、緊急脱出用のものらしい。

王様を連れていけないのが無念だが、今はとにかく生き延びることが最優先だ。

王国……いや人類の危機を世界に報《しら》せ、このエーアストを必ず魔の手から取り戻す。それが僕の使命だ。

人気のない荒れ地を進み、あと少しでその目的の場所に着くというところで、想定外の人物と出会ってしまう。

「んん？　お前……まさか、ユーリなのか？　何故こんなところにいる⁉」

そこに立っていたのは……あの無法者、『覇王闘者』の称号を持つゴーグだった。

3. 宿命の対決

「ユーリっ！」

「ユーリ様、この男は……⁉」

リノと王女様が、ゴーグのただならぬ殺気を感じて怯える。

僕の脱獄はまだ誰にも知られていないはずなのに、ゴーグはそれを察知して待ち構えていたというのか？

「おいおいユーリ、お前あの牢獄から脱獄したのかよ。ヴァクラースのヤツめ、ざまぁねえな。だから言わんこっちゃねえ」

「ゴーグ、なんでお前がここに？」

「ふん、お前が投獄されたと聞いてすぐにオレに始末させろと言ったんだが、ヴァクラースのヤツが何やら儀式に使うと言い出してな。クソ面白くねえから、ちとここで暴れてストレスを発散してたところだ。だが、まさかお前が来るとは……」

そんな、ゴーグがいたのは完全に偶然だというのか⁉

こんなの、神様のイタズラとしか思えない。

何故こんなときにゴーグと出会ってしまうのか……

この辺りは街外れなので、まばらに点在する照明がやっと届いている程度の明るさしかないが、暗視スキルのない僕にも何故かゴーグの姿がハッキリと分かった。

まるでゴーグの全身から、青白い生命オーラが噴き出しているかのようだ。

しかし、学校にいたときもその雰囲気はただ者じゃなかったが、なんだか別人に変わっているように感じるのは何故だ？

「ククク、何故だろうな。最初からオレはお前が気になっていた。そう、オレの邪魔をするのは『勇者』じゃなく、お前だろうと」

「いったいなんのことだ？」

「お前とオレは何かの運命で繋がっている。もちろん、仲間なんかじゃねえ。互いを滅ぼし合う、相反する存在だ」

ゴーグの言っている意味が分からない。

それに、何故ここまで僕を意識している？

僕はゴーグの前では実力を見せたことはない。だからゴーグの目には、僕はただの弱者に映っているはず。

なのに、明らかに僕を敵対視しているようだ。

分からないことだらけだが、やはりゴーグも魔の手に落ちていると感じる。

この殺気から考えても、けっして僕たちの味方ではない。

「ここでお前と会ったのも偶然じゃねえ。必然なんだ。お前はきっと魔王誕生の邪魔になる。だからお前を……ここで殺す！」

ゴーグの殺気がさらに膨れあがった。

なんていう重圧だ……しかも、恐ろしいほどの邪悪さを感じる。

これではヴァクラースやセクエストロ枢機卿よりもよっぽど悪魔じゃないか！

どういうことだ、コイツは明らかに学校時代のゴーグじゃない。

レベルが上がったとかそういう次元の話じゃない、もはや何かを超越した存在と思えるほどだ。

僕は『真理の天眼』でゴーグを解析しようとしてみた。

……レベルが……見えない⁉

ヴァクラースですら見えたのに、ゴーグのことは何も解析できない⁉

コイツ、セクエストロ枢機卿と同じ存在なのか⁉

だが……ヴァクラースよりは弱い。

ヴァクラースと戦ったからこそ分かる。ゴーグはまだヴァクラースには及ばない。

解析が見えない理由は分からないけど、今の僕ならきっと倒せる。

僕は急いでアイテムボックスから剣を取り出す。

投獄されたときに全ての装備は剥奪されてしまったけど、アイテムボックスは所持者当人にしか開けないので、中に入っているものは没収されていない。

残念ながら『炎の剣』は取られてしまったけど、予備の剣でも充分戦えるはず。

ゴーグも携帯していた剣を抜き、それを前に突きだして構える。

ゴーグの巨体に見合った大きな剣だが、それを片手で軽々と扱っている。

「手加減はしねえ。必ずお前の存在を消滅させてやる……いくぞ！」

ゴーグが一気に間を詰めて攻撃してきた。

この剣速、パワー、そして精密さ……『剣聖』であるイザヤすら、まるで問題にならない凄まじさだ。

隙を最小限に抑えた剣技で、袈裟《けさ》懸けに素早く振り下ろしたかと思えば、そのまま切っ先を返して剣を薙ぎ払ってくる。

一瞬のミスが死に繋がるその鋭い攻撃は、回避に特化した『幽鬼』スキルでも避け切れず、行動予測が見える『超越者の目《デウスプレディクト》』のおかげで、なんとか対応できている状態だ。

あの殺し屋――鋼糸使いの『百手』と戦ってパワーアップしてなかったら、すでに僕は斬り殺されていたかもしれない。

「ユーリ、負けないでっ！」

「ユーリ様っ！」

「大丈夫、僕は絶対に勝つ！」

「くっ、これを避けるのか……やはりお前はただの腰抜けなんかじゃなかった。オレの想像以上の存在だったぜ」

ゴーグの攻撃がさらに激しくなっていく。

この強さ……異常だ！　『勇者』であるメジェールよりも遙かに強い。

ゴーグがいくら経験値を十倍もらっているとはいえ、『勇者』の成長力も劣るものではないし、何より『勇者』は専用の強力なユニークスキルを持っている。

その最強の存在であるはずの『勇者』よりも圧倒的に強いなんて、明らかにイレギュラーな存在だ。

「ユーリ、お前を倒せば、オレの力はさらに強大になるだろう。そう、オレにとって、お前こそ最

高の生け贄《サクリファイス》だ！」

僕は完全に理解した。

コイツ……対魔王軍戦力なんかじゃない！　何か別の存在なんだ。

そして……僕もイレギュラーな存在となっている。

ゴーグの言う通り、僕たちは奇妙な宿命を背負っているのかもしれない。


ゴーグの力は分かった。今までは受け身に回っていたが、次は僕の番だ。

ゴーグは確かに強い……が、今ならお前を倒せる。

僕は『剣身一体』を発動した。僕の神経が剣の先まで到達していく。

「ぬうっ、なんだ？　お前から感じる気配が一気に変わったのは何故だ!?」

「それは僕が本気になったということだ！」

剣技が究極に上昇する『剣身一体』には制限時間がある。

容赦せずに一気に決める！

僕はゴーグの斬撃を躱すと、瞬時に間を詰め、『斬鬼』レベル3の剣技を振るう。

レベル1ですら世界最強クラスの技だ。『剣身一体』の状態で正面から斬り合えば、たとえゴーグといえども僕の敵じゃない！

ゴーグの表情から余裕が消え、僕の攻撃に防戦一方となっていく。

「コ、コイツ、信じられねえ、強化したオレよりも上をいくってのか⁉」

強化した？　なんのことだ？

いや、余計なことは考えるな、このままゴーグを叩き伏せる！

僕は超速の剣技でゴーグを圧倒した。

「バカな、魔の力を手に入れたこのオレが、まるで歯が立たねえっ！　ここまで差があるってのか⁉　何故だ⁉」

ゴーグは……将来人類の敵になる気がする。

危険だ、ここで殺しておいたほうがいいのかもしれない。

僕は自分の勘を信じて、ゴーグを始末するための技を出す。

全身を斬り刻み、そしてトドメの一撃というところで、死を察知したゴーグが飛び退いた。

さすがに戦闘勘が鋭い。致命傷もキッチリ避けている。

だが、この状態ならもう逆転はない、僕の勝ちだ！

ゴーグを追って間を詰めようとしたところ、壮絶な殺気が僕を襲った。もちろん、その主はゴーグだ。

なんていう恐ろしい殺気だ、この僕が動けない……本当に人間なのか？

今ゴーグは重傷だが、近付くと僕も危ない。

「ユーリ……オレはまだお前に負けたわけじゃない。この借りは必ず返してやる。次に会ったときがお前の最期だ」

「あっ、待てゴーグ！」

一瞬気圧《けお》された僕を見て、ゴーグが素早く逃げだした。

あの怪我でここまで速く動けるのか⁉　まだまだ余力を残していたということか……

追ってトドメを刺したいところだが、今優先すべきことは、リノたちを連れて脱出することだ。

悔しいが、今は僕たちも逃げるしかない。

「リノ、王女様、行きましょう」

「はい！」

そして家族も故郷も捨て、僕たちはエーアスト王都から脱出した。

◇◇◇

一晩中、僕たちはひたすら荒野を走り続け、ようやくほぼ安全圏へと入った。

もちろん、逃走中に多少モンスターと接触したが、ここらにいるのは僕の敵じゃない。

ゴーグが僕たちの脱走を報告していると思うが、逃げた方向を特定するのは難しいだろう。

正規のルートを避けて移動しているし、追跡してくるには、まだまだ時間がかかると思われる。

ヤツらは秘密の通路のことは知らないため、王都内にまだ僕らが潜伏している可能性も否定してないだろうし、早馬を飛ばして外を探すにしても、僕たちを見つけるのは至難の業《わざ》だ。

仮にこの近くまで捜索隊が来ても、リノの『超五感上昇《スーパーセンシティブ》』スキルで先にこっちが探知できるし、その場合いくらでも対処は可能だ。

ここまで来れば、一応ひと安心と言える。


全力で逃走した疲れを取るため、僕らはしばし休憩することにした。

休憩中に、今回の一連のことをリノと王女様から説明される。

ヴァクラースに負けた僕は、城内に幽閉され、近々公開処刑される予定だったらしい。もちろん悪魔の汚名を着せられてだ。

対魔王軍戦力と言われるクラスメイトたちが、僕のことを悪魔だと証言する予定だったらしいから、疑う国民はそうはいないだろう。

そして、黒幕は当然ヴァクラースとセクエストロ枢機卿だった。

今回の発端は、王女様が『神託の儀』のため、王都を離れたことから始まったらしい。

王女様の持つ『聖なる眼』がないこのときをチャンスとばかりに、邪悪な勢力が一気に城へ攻め入ったとか。その中には、クラスメイトの姿もあったようだ。

王城を守るロイヤルガードの半数と、騎士団長を含めた上位騎士たちの多数が王女様の護衛に付いていったので、ヤツらにはそれも都合が良かったに違いない。

王城は強力な退魔の結界で覆《おお》われていたが、攻め入ったヤツらにその結界を外されてしまった。

そして、あの『死なずの騎士』ヴァクラースが城へと入り、あっという間に王城は落ちたそうである。

国王守護騎士《キングズガード》ですらヴァクラースの敵ではなく、そして王様は行方不明となってしまった。

そこへ僕たち一行が帰ってきたわけだが、『神託の儀』に同行したロイヤルガードや騎士たちも、僕の捕縛後いつの間にか洗脳されていたらしい。

すでに王城内は、邪悪な存在の一味しかいなくなっていた。

ちなみに、リノが洗脳されなかったのは、大した能力を持ってないと思われたからだと思う。

実際、通常程度のスキルだった同世代たちは全員正常なままのようで、洗脳されたのは上位スキル持ちばかりだ。

邪悪な存在も、さすがに洗脳する人数には限界があるのだろう。

王女様は、『聖なる眼』の力、もしくは王女様の存在そのものの利用価値を考慮されたのか、すぐには殺されなかった。

王城を制圧して、敵にも少し余裕ができたのかもしれない。

何故か洗脳が効かなかった王女様は、僕と同じように幽閉される予定だったようだが、それを助けたのが、王女護衛隊隊長のアイレ・ヴェーチェルさんだ。

アイレさんが持つスキルは『蒼き意志』という、精神耐性が大きく上昇するものだった。つまり、

『混乱』、『忘却』、『恐怖』、『魅了』、『催眠』、『支配』などの精神異常を受けづらいのだ。

　このスキルの効果で、全兵士が邪悪な意志に操られる中、アイレさんだけは唯一正気を保つことができた。

　そのおかげで、今回のこの事態の全容を把握することができ、囚われの王女様を逃がすことにも成功したのである。

　王女様も『聖なる眼』を持つくらいだから、邪悪な力への耐性が強いのかもしれない。

　王様が行方不明というのも、洗脳が効かずに持て余したため、どこかへ幽閉されている可能性が高い。ひょっとしたら、王族には聖なる加護があるのかも。

　王族が全員いきなり城から消えては国民も不審に思うだろうし、今後何かに利用するため、きっと王様はまだ生かされている気がする。

　そしてリノはというと、僕を救うために自分のスキルを最大限に活かして、単身で城内へと潜入していたらしい。

　好意を持っているとはいえ、僕のためにそこまでしてくれたなんて、リノの捨て身の行動に胸がいっぱいになった。

　リノはその鋭い嗅覚でまず王女様と合流し、その後、王族のみが知る隠し通路などを抜けながら、僕の匂いを追跡してあの牢獄へと辿り着いた。

　リノはあの岩壁の中の部屋を探し当てたくらいだから、城内で僕の位置を探るのは容易だったろう。

あとは知るところである。

ともかく二人が無事で本当に良かった……

僕らを助けてくれたアイレさんはというと、捜索を混乱させるため、あえて城に残ったらしい。

操られているフリをして上手く立ち回ると言っていたらしいが、もしアイレさんのスキル能力がバレれば、かなり危険なことになるだろう。

今はただバレないことを祈るしかない。

邪悪な存在を感知していながら、何も対策が取れず、完全に後手に回ってしまったことを後悔している。

しかし、あのヴァクラースたちをなんとかしないと、王国を救うのは到底不可能だ。

現在メジェールたち『勇者』チームはファーブラ国へ遠征していて、あのあとどれほど成長しているか分からないが、彼らが束になってかかってもあのヴァクラースに勝つのは不可能だろう。

『勇者』として完全に成長すれば、きっとヴァクラースにも対抗できると思うが、それにはまだまだ時間が必要だ。

そしてセクエストロ枢機卿だ。

僕の『真理の天眼』では、セクエストロ枢機卿のレベルすら解析することができなかった。

考えたくはないが、ヴァクラース以上の力を持っているのかも……

だとすると、セクエストロ枢機卿こそが、預言で言われた『第一の魔』だ。

彼らの正体は、王女様の『聖なる眼』でも見通せなかったらしい。偽装のため、何か強力な結界でも張っているのかもしれない。


底知れない力を持つヤツらを倒すのは絶望的だ……今はね。


ヤツらはまだ僕の成長力を知らない。

神様からもらえる経験値の限界がどれくらいなのか分からないが、もしこのまま大量にもらい続けることができるなら、ヤツらに追いつける可能性は充分ある。

いや、絶対に追いついてみせる。そのときまで、なんとか時間を稼ぐしかない。

王女様の『聖なる眼』は、ヤツらにとってはかなり目障りな存在となるはずで、追跡を簡単には諦めないだろう。きっと何か仕掛けてくる。

なんとしても王女様を守り切らねば！


必ず王国を奪還すると、心に誓った僕らだった。

異世界召喚されたら
ISEKAISYOKAN SARETARA MUNOU TO IWARE OIDASAREMASHITA
無能と言われ追い出されました。
この世界は俺にとってイージーモードでした
WING 1~4
何の能力も貰えずスタートとか
俺の異世界生活ハードすぎ!
…って思ってたけど、
神様からのお詫びチートで超楽勝《イージーモード》になりました。
前代未聞の
難易度激甘
ファンタジー!

異世界召喚されたら
無能と言われ追い出されました。
この世界は俺にとってイージーモードでした
WING
何の能力も貰えずスタートとか
俺の異世界生活ハードすぎ!
…って思ってたけど、
神様からのお詫びチートで超楽勝《イージーモード》になりました。